To everyone who dreams...

All Photos and Arts by Dong Joo Suh

동주 이야기:
The Story of Dong Joo

초판인쇄 2008년 8월 08일
초판발행 2008년 8월 15일
2쇄 발행 2009년 2월 25일

지은이 서동주
펴낸이 서웅찬
출판등록 제 21-117 (1989년 10월 13일)
편집 장민
디자인 스트라이크. 김장우 김주환 유정규
사진 · 그림 서동주
교정 · 교열 박소영

펴낸곳 도서출판 꿈과 의지
주소 서울시 서초구 서초1동 1628-14
전화 02-588-6441
팩스 02-598-1371
전자우편 swc007@paran.com

ISBN 978-89-8301-020-9-03810

The Story of Dong Joo

Contents

Part _ 0 Prologue:

Part _ 1 School: 서동주의 스쿨라이프

Part _ 2 Art: 감성 다이어리

Part _ 3 Music: Music of my life

Part _ 4 Family: 가족 이야기

책을 쓰기 시작한 뒤로 꽤 오랜 시간이 흘렀다. 그리고 '왜 책을 쓰기로 했나요?'라는 질문을 한 사람들의 수도 그만큼이나 늘었다. 자신감과 기대감에 차서 이유를 말하던 처음과 달리, 지금 나의 목소리는 점점 작아지는 것 같다. 내 책을 선택하여 읽는 사람들에게 나는 무슨 이야기를 해줄 수 있을까.

알고 보면 별것 없는 공부 비법 전수? 내가 그린 그림, 내가 찍은 사진들을 보여주기? 좋은 학교에 입학하기 위한 팁들? 이런저런 고민에 휩싸여 있을 때 소울 메이트인 숀 Soul mate Shawn 은 말했다.

"그냥 너 자신에 대해 쓰면 되는 거 아냐?"

"하지만 나의 무엇에 대해서?"

"너의 삶, 너의 주변, 너의 사람들, 너의 사랑."

조금 좋은 대학에만 입학해도 책을 내는 일이 흔해지고, 유학을 떠나는 학생들도 많은 지금, 어떠한 이야기를 써도 식상할 것만 같았다. 자신만의 공부법에 관해 이야기하고 자신이 살아온 특별한 상황들에 대한 이야기더라도, 읽고 난 후에 왠지 모를 허전함이 느껴지는 그런 책이라면 쓰고 싶지 않았다. 흔해빠진, 그렇고 그런 유학생 스토리가 될까, 책을 읽는 이들이 얻은 것 하나 없이 책을 덮지나 않을까 걱정이 됐다.

그런 의미에서 다시 처음을 떠올려봤다. 나는 누구인지, 어떻게 살아왔고 앞으로 어떻게 살아가고 싶은지, 좋아하는 것은 무엇이고 잘하는 것은 무엇인지, 나의 모든 것을 쏟아내어 보여주고 싶었다. 단순하게 있는 모습 그대로의 나를, 내 생각들을 보여주고 싶었다. 책과 관련해 스스로 만든 미션을 잘 수행했는지에 대한 평가는 책을 읽는 이들의 몫이다. 그러나 이 책을 쓰는 내내 내가 누구인지를 고민했고, 나름 그 질문에 대한 대답을 얻을 수 있었다.
난 평범하지만, 내가 이룬 것들은 특별하다. 이름난 학교에 들어갔기 때문이 아니라 그것들을 얻기 위해 내가 쏟은 노력과 희생이 특별했기 때문이다.

26년이란 시간을 정리하는 지금 이 순간, 아직도 내겐 살아온 날보다 살아갈 날이 더 많이 남아 있다. 10년, 20년 후에도 여전히 나의 희생과 노력은 특별했노라고 말할 수 있는 그런 삶을 살고 싶다.

Part. ________ Sc

나는 남들보다 다양한 학교를 경험했다. 한국에서 학교를 다닐 땐 미술 전공으로 예원중학교를 다녔고, 미국에서는 평범한 중학교를 다녔다. 처음 들어간 대학교는 웰슬리 대학이었고, 미술을 전공하다 수학 수업을 함께 듣게 되었다. 삶은 참으로 흥미진진해서, 불과 1~2년 후 나는 MIT에서 순수수학을 공부했다. 그리고 천재들이 가득한 그곳에서 평범한 학생으로 치열한 시간을 보내며 많은 것을 배웠다. 그런데 지금 나는 마케팅을 배우기 위해 와튼 스쿨의 입학을 앞두고 있다.

어쩌면 누군가는 '학교 편력'이라고 오해할 수도 있겠다. 하지만 사실 이런 진로의 변화들은 어떤 삶을 살아갈지에 관한 나의 방황과 고민의 결과다. 일단 정한 전공이라는 이유로 거기에 인생을 맞추고 싶지는 않았다. 내가 좀 더 즐겁게, 잘할 수 있는 일을 찾고 싶었고 또 호기심이 가는 분야를 공부하고 싶었다. 나는 언젠가 내가 학교를 통해 배우고 경험한 이 모든 학문이 유용하게 쓰일 것이라 믿는다. 인생은 미술만으로, 수학만으로, 음악만으로 살아갈 수 없기 때문이다. 인생을 더 입체적으로 살아가기 위해서는 음악, 미술, 수학, 마케팅, 경제학은 물론이거니와 그 이상의 것이 필요하니까.

01

서동주의 스쿨라이프

hool

Schools Attended

1990 __ 1996
계성초등학교

1996 __ 1997
서울예원중학교

1997 __ 1999
Fay School

1999 __ 2002
St. Paul's School

2002 __ 2003
Wellesley College

2003 __ 2008
MIT / Wharton School(Business School at University of Pennsylvania)

2006년 봄
Sloan School of Management, Massachusetts Institute of Technology
대학원생이었던 레오날드 리 Leonard Lee – 현재 레오날드는 콜럼비아 대학 Columbia University 의 교수이다 – 와 함께 소비자 경향을 연구함.

2006년 가을
Sloan School of Management, Massachusetts Institute of Technology
대학원생인 척 이슬리 Chuck Eesley 와 함께 회사의 조직 구성이 연간 수입에 미치는 영향에 대해 연구함.

2007년 여름 > 2008년
Sloan School of Management, Massachusetts Institute of Technology
드라존 프렐렉 Drazen Prelec 교수님과 Bayesian Truth Serum을 이용한 인포메이션 스코어링을 통해 예술가들의 전문성을 연구함.

처음 받은 낙제 점수

유치원 때부터 유학을 가기 전까지 나의 성적표는 온통 '수'로 채워져 있었다. 얄미울지는 몰라도 1등을 놓치지 않았다는 자부심에 은근히 잘난 척도 심했을 것이다. 그런 내가 페이 스쿨에서 낙제 점수를 받았다! 충격이었다.

낙제 점수를 받기 직전까지도 나의 콧대는 하늘을 찔렀다. 외국인 학생들은 정규 수업을 듣기 전 영어 수업인 ESL 코스를 먼저 배우는데, 나는 ESL 코스를 같이 시작한 유학생들 가운데에서도 가장 빨리 정규 수업을 들었기 때문이다. 빨리 인정받고 싶다는 이유로 모두들 피하는 생물 **Biology** 수업을 듣기로 결정했고, 당연히 잘할 수 있을 것이라는 자신감도 충만했다. 하지만 첫 중간고사 결과를 접한 순간, 나는 그 자리에서 돌이 되었다.

"Dong Joo Suh, 25/100"

25점! B도, C도, 하다못해 D도 아닌 F학점이었다. 함께 수업을 듣던 한국 유학생 선배에게 점수를 들키지 않으려고 재빨리 시험지를 가방에 쑤셔 넣었다. 그러고는 마치 흡족한 결과를 받은 사람처럼 미소 지으며 앉아있었다. 나와 눈이 마주친 선배가 말을 걸어왔다.

"동주야, 너 시험 잘 봤어? 난 완전 망친 것 같아. 40점 나왔어."

속상해하는 그를 보면서도 평소 열심히 하는 것 같지도 않은 그 선배가 나보다 시험을 잘 봤다는 사실을 받아들이기 힘들었다. 더 힘들었던 것은 선배보다 낮은 점수이니, 분명 내가 꼴찌를 했을 것이라는 추측. 수업이 끝난 후 도저히 울음을 참을 수가 없었다. 교실 옆 화장실로 뛰어 들어가 변기 뚜껑 위에 쪼그리고 앉자마자 눈물이 쏟아져 내렸다. 한 방울, 두 방울 흘러내리던 눈물은 좀처럼 멈추지 않았고, 나는 어깨까지 들썩이며 대성통곡했다.

다행히(?) 나는 매우 단순하고 낙천적이다. 다 울고 나니 다시 기운이 솟는 것 같았다. 새롭게 고개를 드는 기운이 내게 말했다. 그깟 시험 한번 망친 걸 가지고 왜 우느냐고.

방으로 돌아와 각 시험과 숙제들을 분석해봤다. 남은 두 번의 중간고사와 한 번의 학기말고사를 보너스 문제까지 합쳐 각각 105점을 맞고, 과제 6개를 전부 100점 맞으면 A학점을 받을 수 있다는 계산이 나왔다. 보통 아이들 같으면 '어떻게 앞으로 있을 모든 시험과 과제에서 만점을 받겠어? 그건 불가능해.'라며 좌절했을지 모르지만, 단순함의 극치인 나는 '오! 가능하네?' 라고 생각하며 진심으로 기뻐했다.

문제는 바로 이 불가능에 가까운 상황을 가능한 현실로 만드는 것. 당시 나의 영어 실력은 같은 반 친구들에 비해 모자란 편이었기 때문에 교과서를 이해하는 것이 가장 어려웠다. 이 한계를 극복하기 위해 내가 선택한 방법? 단순하다. 교과서를 통째로 외우는 것이다. 손가락 두 마디보다 두꺼운 책을 외우면서 나는 '희박한 가능성'의 '희박함'보다는 '가능성'에 중점을 두었다. 나를 약하게 만드는 다른 어떤 생각도 하지 않았다. 내가 설정한 가능한 상황에 다가가기 위해 모든 정신을 집중했다.

밤 10시가 되면 무조건 불을 꺼야 하는 페이 스쿨 기숙사에서, 이불을 뒤집어쓰고 작은 스탠드 불빛 아래서 생물 교과서를 처음부터 끝까지 외워나갔다. 밤을 새우고 맞이하는 새벽이 늘 때마다 내가 정한 목표가 한 걸음씩 가까워지고 있었다.

결과가 어떻게 되었느냐고? 결국 남은 모든 시험과 과제들을 모두 만점 받고 마지막에 A학점을 획득했을 때, 나는 속으로 천 번도 넘게 방방 뛰었다. 바로 옆에서 C학점을 받았다며 낙담하는 선배 앞에, 실수인 척 내 성적표를 '스윽' 떨어뜨렸던 나는 낙천적인 여우였다.

그래, 나 한국인이다!

많은 이들이 미국에서 좋은 학교나 좋은 직장에 들어가려면 미국 시민권이 있어야 한다고 말한다. 아무래도 미국 시민권을 가진 학생들은 입학하기도, 장학금을 받기도, 졸업 후 미국에서 직장을 구하기도 훨씬 쉽기 때문이다. 그래서인지 우리나라의 유명 인사나 정치인의 자녀들은 미국 시민권을 가진 경우가 많다. 사실 주변에서도 어렵지 않게 찾을 수 있다. 미국에서 태어나 한국에 들어갔다가 유학을 간 친구들, 유학 기간 중에 이민을 간 친구들 등.

유학을 간 지 11년째인 내게는 아직 미국 영주권조차 없다. 시민권은커녕 영주권조차 없는 토종 한국인이라는 사실 덕분에 고등학교, 대학교, 대학원 입학 시험을 치를 때마다 어려움을 겪었다. 고등학교에서는 우리 학년에서 한국 국적의 여학생이 나 하나였고, MIT로 편입한 3명 중 외국인 여자도 단 한 명, 나 혼자뿐이었다. 대학원에 입학할 때에도 한국 시민권자라는 것 때문에 힘들었던 기억이 난다.

내 주변 사람들은 알겠지만, 사실 나는 대학을 4년 반이나 다녔다. 남들처럼 4년간의 대학 생활을 마치고 대학원에 원서를 넣었지만, 모든 곳에서 떨어졌다. 그래서 반년 동안 교수님 밑에서 일도 더 하고 몇 가지 수업을 보충하여 들은 뒤 다시 시도한 지금에야 원하던 대학원에 붙을 수 있었던 것이다.

지난해 모든 대학원에서 떨어졌을 땐 너무 속상해서 아무런 반응도 보일 수가 없었다. 미국 시민권자인 친구들이 하버드 대학에 합격하는 것을 보면서 '하다못해 미국 영주권이라도 있었으면 붙을 확률이 몇십 배는 높았을 텐데...'라는 생각 때문에 화도 나고 억울하기도 했다.

하지만 난 곧 마음을 고쳐먹었다. 내가 한국인이라는 사실 때문에 불이익은 당하겠지만, 그럼에도 잘된다면 한국인이 얼마나 대단한지 제대로 보여줄 수 있을 거라는 생각이 들었다. 붙을지 안 붙을지 모르는 불안한 심정으로 반년을 보내면서 정신적으로 부담감이 클 때가 많았다. 전 과목에서 A를 받아야 한다는 압박감과 교수님이 시키는 일을 완벽하게 해내야 한다는 중압감이 그만두고 싶다는 생각을 부추겼지만 '조금만 더, 조금만 더'라고 스스로를 격려했다.

결국 두 번째 시도에서 와튼 스쿨 **Wharton School** 을 MBA(경영학 석사)가 아닌 박사 과정으로 합격한 나는, 자랑스러운 한국인이다.

특별한 공부법은 없다

"공부를 어떻게 했나요?"

많은 사람들이 나에게 묻는다. 와튼 스쿨에 합격한 지금은 더 자주 듣는 질문이 되었다. 도대체 어떻게 공부해야 명문 학교에 입학할 수 있느냐고 묻는 사람들에게 무슨 말을 해주어야 할까.

서울예원중학교에 들어가기 위해 초등학교 때 과외 한 번, 고등학교 3학년 때 SAT학원을 두 달 다닌 이후로는 내 인생에 과외나 학원은 없었다. 게다가 나는 보통의 공부 잘하는 학생들과는 생활 방식이 매우 다르다.

일단 나는 아침형 인간이 아니다. 학교에 가지 않았다면 아마 밤에 놀고 아침에 자는 아이였을 것이다. 졸지 않기 위해 공부 의자는 불편한 것으로 쓴다는 어느 학생과는 다르게 동네 마트에서 싼 가격에 구입한 푹신푹신한 사장님 의자에 앉아서 공부했다. 공부할 때 컴퓨터를 켜놓거나 음악을 틀어놓는 것은 일상다반사고, 규칙적인 생활을 하지도 않았다. 책상 위에 공부할 것들 빼고는 아무것도 두지 않는다거나 하는 학생들의 이야기는 나와는 먼 이야기다.

내 책상의 왼쪽에는 키보드, 의자 뒤에는 기타, 오른쪽엔 스케치북이 놓여 있다. 밤새워 공부하다 졸리거나 내용이 머릿속에 입력되지 않으면 의자를 돌려 키보드 연주를 한다. 좋아하는 쇼팽의 왈츠를 치며 잠을 깨고 나서도 더 쉬고 싶을 땐 기타를 든다. 기분 나는 대로 코드를 짚으며 흥얼거리며 곡을 만든다. 그렇게 만들어진 멜로디를 쓰던 공책 한 귀퉁이에 흘려 적고, 전에 써놓았던 가사가 있다면 거기에 음을 붙여본다. 가끔 그림을 그리며 쉴 때도 있다. 쓰던 펜으로 공부하던 노트 한쪽에 그릴 때도 있고, 컴퓨터에 연결된 패드에 그릴 때도 있다. 전에 찍어두었던 사진들을 정리하거나 편집해서 영상을 만드는 것도 내게는 휴식이다.

써놓고 보니 '공부법'이라기보다 '노는 법'이 되었지만 잘 쉬는 방법에 대해서도 이야기하고 싶었다. 항상 느끼는 것이지만 공부만 계속하기엔, 집중력의 한계라는 것이 있기 때문. 나를 포함하여 대다수의 사람들이 가진 집중력이란, 길어봤자 2시간 정도이기 때문에 그 시간이 지나고 나면 자꾸만

딴생각을 하게 된다. 이건 의지로 해결할 수 있는 문제가 아니다. 그럴 때, 머리를 식힌다는 이유로 친구들을 만나 밥을 먹거나 수다를 떨면 애초에 정해놓은 시간을 훌쩍 넘기기 일쑤다. 그래서 혼자 할 수 있고, 스트레스 해소에 도움이 되며, 웬만하면 앉은 자리에서 할 수 있는 취미들은 정말로 힘이 된다. 적어도 내게는 그랬다.

이런 엉망인 모습을 너무나도 잘 알고 있는 내가 나의 공부 방식을 누구에게 추천한다는 것은 그야말로 얼토당토않은 일이다. 그러나 MIT로 학교를 옮기고 얼마 지나지 않아 들은 어느 교수님의 일화는 내게 이런 생활 방식을 공개할 수 있는 용기를 주었다. 그 교수님은 자신의 강의를 들으러 온 학생들에게 이렇게 말씀하셨다고 한다.

"여러분은 이 학교에 온 이상 3가지 일을 할 수 있습니다. 잠자기, 놀기, 그리고 공부하기. 하지만 이 3가지 중 단 2가지만 선택해야 합니다. 즉 잠과 노는 것을 택한다면 공부를 할 수 없고, 놀기와 공부를 택한다면 잠을 잘 수 없게 되는 것입니다. 전 학창 시절 잠과 공부를 선택했습니다. 여러분은 무엇을 선택하겠습니까?"

이 이야기를 듣고 곰곰이 나의 생활 패턴을 되짚어보니, 나 역시 잠과 공부를 선택했던 듯하다. 물론 앞서 잘 노는 법에 관해서 이야기하긴 했지만, 그것은 집중력을 높이기 위해 필요한 최소한의 휴식에 포함된다. 강의는 보통 아침 9시 30분부터 시작되는데, 끝내지 못한 과제를 마저 하고 아침 샤워를 하고, 시리얼까지 챙겨 먹으려면 6시 정도에는 일어나야 했다. 강의가 모두 끝나고 기숙사로 돌아오면 한두 시간 정도는 이메일 체크, 신문 보기, 잡다한 웹서핑 등에 할애한다. 샤워 후엔 보통 2시간 정도 잠을 자고, 일어난 뒤 책상 앞에 앉아서 공부를 시작했다. 그리고 새벽 3~4시쯤 잠들어 다시 6시에 일어나는 나날들의 연속이었으니, 나의 평균 수면 시간은 고작해야 4~5시간 정도였던 셈.

솔직히 말해서 특별한 공부법이나 비법은 없다. 다른 학생들의 방식-모범적인 아침형 인간들의 방식-이 나에겐 쓸모없었듯이, 나의 방법이 다른 이들에게 아무런 도움이 되지 않을 가능성도 있다. 하지만 누구에게나 통하는 한 가지 공통점은, 공부는 최대한 열심히, 꾸준히, 성실하게 해야 한다는 것이다. 어떤 방식을 선택하든 후회는 따르게 되어 있다. 하지만 잠과 공부를 선택한 나는 가장 적게 후회하는 길을 택했다고 믿고 있다.

잡념을 머리카락에 담아 잘라내기

공부를 하면서 가장 힘들었던 것은 마음을 다잡는 일이었다. 하루에도 몇 번씩, 한국으로 돌아가버리고 싶은 충동이 들었다. 미국은 기회의 땅이고 많은 사람들이 공부하기 원하는 곳이지만, 머물며 겪어보기 전에는 알 수 없는 고통과 고난도 엄연히 존재한다. 무엇보다 가족과 떨어져 지내며 새로운 환경에 적응하는 일은 상상을 초월할 정도의 의지력이 필요한 데다, 외롭고 힘든 마당에 자신에게 주어진 일들까지 제대로 해내기란 몹시 어렵기 때문이다. 선형대수 **Linear Algebra** 를 통해 수학의 즐거움을 알면서 공부에 대한 열의가 커진 것과 반비례해 어려운 수학 강의를 들으면 들을수록 내가 느끼는 한계도 커졌다.

3학년 어느 날, 해석학 **Analysis** 강의를 듣던 때의 일이다. 그 강의가 어렵다는 것을 MIT 수학과 학생들 모두가 알고 있기 때문에 나는 수업을 앞두고 몹시 긴장한 상태였다. 과제들을 그럭저럭 해내고 나서, 중간고사가 상어처럼 나를 덮쳤다.

밤새워 시험 공부해 떨리는 마음으로 시험을 보러 갔건만, 시험지를 받아들고 문제를 보는 순간 나는 절망했다. 도대체 아는 문제가 없는 것이다. 극도로 집중할 때면 얼굴이 터질 것처럼 빨개지는 나는, 시험 시간 내내 폭발 직전의 토마토 같은 얼굴을 하고 앉아 있었다. 그런데도 도무지 풀 수 없는 문제들이 있었다. 외워서 풀 수 있는 문제가 아니라 원리를 이해해야만 증명할 수 있는 문제들이었기 때문이다. 제대로 이해하지 못한 나는, 당연히 시험을 망쳤다. 끝나지도 않은 시험이건만, 성적표가 눈앞에 그려졌다. 좌절한 상태로 강의실을 터덜터덜 걸어나와 벤치에 걸터앉았다. 몸을 둥그렇게 말고 앉아 마음을 추스르며 생각했다.

'왜 나는 안 될까? 남들만큼, 아니 남들보다 더 열심히 공부했는데 왜 이해가 되지 않고 한계를 느끼는 걸까? 여기서 포기해야 하는 건가?'

도대체 왜 나는 남들이 다 이해하는 콘셉트를 알아듣지 못하는지 납득할 수가 없었다. 오후에 몇 개의 강의가 더 있었지만, 정말 오랜만에 땡땡이를 치기로 마음먹었다. 학교 앞 큰길 매사추세츠 애비뉴 **Mass. Ave** 에서 보스턴 **Boston** 시내로 나가 별다른 목적도, 생각도 없이 걷다 처음 보는 미용실 앞에 멈춰 섰다. 머리를 다듬을 시간도 없어 반년이 넘도록 무조건 기르기만 한 긴 머리의 내가 쇼윈도에 비쳤다.

30분 후, 나는 미용사의 손길에 머리를 맡겼다. 허리까지 오는 머리를 단발로 자르고, 검은 머리는 샛노란색으로 염색했다. 메이크오버도 이런 메이크오버가 없었다. 거울 속의 내 모습을 보는 나도 어색할 정도였으니까. 밖으로 나오자 훤히 드러난 목덜미에 바람이 스쳤다. 버스 안, 목덜미를 어루만지며 한결 홀가분해진 마음으로 무릎 위에 올려놓은 책가방을 바라보았다. 그리고 내린 결론은, 역시 나는 천재가 아니라는 것이다. 내가 학교에 있는 모든 아이들보다 잘할 수만은 없는 것이었다. 아무리 노력해도 내가 따라잡을 수 없는 친구들이 있는 것이다. MIT에서건 어디에서건 그건 정해진 사실이었다.

나에게 한계가 있다는 사실을 인정하고 나자 마음이 조금은 편안해졌다. 나보다 뛰어난 친구들 사이에서 공부하며 아무리 노력해도 닿지 않는 것이 있다는 사실에 좌절했지만, 그 사실을 인정하고 조금 더 분발하려 노력했던 그날의 나는 무척이나 용감했던 것 같다.

그 후로도 셀 수 없이 많은 한계에 부딪혔고, '진짜 무리다'라고 느낀 날도 많았지만 짧은 머리를 귀 뒤로 넘기며 '전체 1등이 안 된다면, 내가 할 수 있는 능력의 한도 내에서 1등을 하면 되잖아.'라고 스스로를 위로했던 그날의 기억이 나를 지탱하게 했다. 결국 흡족하지는 않았지만 전혀 창피하지 않은 성적으로 한 학기를 마무리하면서, 인내와 근성을 일깨워준 그 강의를 오랫동안 기억하게 될 것이라는 생각을 했다.

싫어하는 것도 해야 해

나는 운동을 좋아하는 편이 아니다. 아니, 나는 운동을 싫어한다. 하지만 대학교에 입학하기 전까지 여러 종류의 운동을 했다. 해야 하니까 했다. 미국에서는 좋은 대학에 들어가려면 성적표, 추천서, SAT 점수, AP 수업 내역, AP 시험 점수, 합창단, 봉사 활동 등의 각종 사회 활동들 **Activities**, 수상 내역 등이 골고루 뒷받침되어야 하는데 운동의 비중이 꽤 크기 때문이다.

참고로 AP 수업이란 고교생이 대학교 레벨의 강의를 듣는 것이다. 미국에서는 고등학생들이 대학교 강의를 들을 수 있는 과정이 있는데, AP 수업을 대학에서 인정받기 위해 봐야 하는 시험이 AP 시험이다.

모든 학교에는 여러 종류의 스포츠 수업이 있고, 각 스포츠마다 대표팀인 바서티 **Varsity** 와 2군팀인 주니어 바서티 **Junior Varsity**, 두 팀으로 나뉜다. 아무래도 스포츠를 통해 단체 생활 능력이나 인내심, 리더십 등을 짐작하기 위한 것이니, 대학 입학을 위해서라면 팀워크를 중시하는 운동이 좋다. 그리고 바서티팀은 보통 엄격한 시험을 통해 팀원을 뽑기 때문에 입학 원서에 주니어보다는 바서티에 속해 있다는 사실이 적혀 있을 때 심사위원으로부터 좋은 평가를 끌어내기 쉽다. 만일 떨어져서 주니어 바서티팀에 남게 되었다면, 당연히 거기서 주장 **Captain** 이라도 하는 편이 좋다.

학교마다 다르겠지만, 페이 스쿨에서는 보통 가을, 겨울, 봄 세 계절 동안 각각 3가지 스포츠 수업을 들어야 했다. 나는 가을엔 필드하키 **Field Hockey**, 겨울엔 야구 **Baseball** 그리고 봄에는 라크로스 **Lacrosse** 를 했다. 그리고 3 가지 스포츠 모두에서 대표팀에 들어갔지만, 그건 내 운동신경이 뛰어나서가 아니었다. 오직 근성과 끈기로 무장한 채 죽기 살기로 숨이 턱까지 차 뛰어다니는 나의 모습을 좋게 봐준 코치님들 덕분이었다. 한국인 특유의 성실함도 한몫했다. 남들보다 뛰어나지는 않지만 연습 시간에 조금이라도 일찍 도착해 슛 연습을 하고, 끝난 뒤에 누구보다 먼저 공을 주워왔으니까. 이렇게 내가 할 수 있는 모든 일을 통해 내가 얼마나 대표팀에 들어가고 싶어하는지 그리고 얼마나 열심히 할 수 있는지를 보여주었다.

개인기는 뛰어나지 않지만 공을 잡으면 팀원들에게 패스하거나 어시스트해서 득점할 수 있도록 했고, 내가 부각되는 대신 팀을 위해 뛰는 법도 배웠다. 그래서 운동을 좋아하게 되었느냐고? 대답은 '아니요'다. 인내심이 강해지긴 했지만. 원하는 대학에서 공부하기 위해서는 좋아하는 것뿐 아니라 싫어하는 일도 해야 한다는 사실을 확실히 알게 되었다.

대학에 입학한 후 운동에서 해방되었느냐 하면, 그렇지도 않다. 기본적인 필수 운동 **Physical Education Requirement** 은 해야 하지만, 운동 선수나 전공자가 아닌 이상 운동을 얼마나 잘하느냐는 중요하지 않다. 그러니 그동안 배우고 싶었던 것들을 마음껏 배울 수 있다. 덕분에 나는 웰슬리에서는 쿵푸와 요가를, MIT로 옮긴 뒤로는 헬스, 가라테, 그리고 모던 댄스를 배울 수 있었다. 야구나 라크로스, 필드하키보다는 즐거운 운동이라서 다행이었다.

미국 애들보다 높은 GRE 점수

좋은 대학원에 가기 위해선 완벽한 내신, 교수님들의 칭찬 가득한 추천서, 잘 쓴 에세이, 화려한 경력이 포함된 이력서, 그리고 높은 GRE(석사나 박사 입학시험) 성적이 필요하다.(MBA 석사 입학 시험에서는 GMAT를, 법대 입학시험에서는 LSAT를 보는 등 대학원의 성격에 따라 조금씩 다르다).

법대를 갈까 MBA 석사를 할까 고민하던 나는 최종적으로 GRE를 보기로 결정했다. 아무래도 GRE 점수를 요구하는 학교의 수가 많기도 했고, 박사까지 고려한다면 GMAT보다는 GRE가 유리했기 때문이다. 고민 끝에 한

결정이라, 시험을 불과 한 달 정도 남겨둔 시점부터 뒤늦게 공부하기 시작했다. 내가 GRE를 공부하기 시작했다는 소식을 들은 선배들은 예상대로 나를 비웃었다.

"너 경영학 박사 지원한다며? 거기 가려면 영어 **Verbal** 도 수학도 각각 800점 만점에 600점과 700점 이상을 받아야 해. 한 달 공부해 가지고 되겠어? 우리도 6개월 정도 공부해야 될까 말까 했는데, 한 달 가지고는 턱도 없지. 게다가 MBA도 아니고 경영대학원 박사 과정은 학교마다 한두 명씩만 뽑는데, 꿈이 너무 큰 거 아냐?"

그들의 코웃음에 나는 상처 받았지만, 남들이 뭐라고 해도 나는 잘할 자신이 있었다. 스스로 터득한 바에 의하면, SSAT(고등학교 입학 시험)나 SAT(대학교 입학 시험)같은, 입학을 위한 입시 공부는 주입식 교육이 최고였다.

단어집을 사서 강의가 비거나 쉬는 시간이 생기면 틈틈이 외웠고 무엇보다 잠을 줄여가며 단어와 수학 문제들을 머릿속에서 놓지 않았다.

그 결과 영어는 800점 만점에 790점, 수학도 800점 만점에 790점의 기적 같은 점수를 받게 되었다. 교수님들도 이런 점수는 평생 본 일이 없다고 했을 정도니 이건 정말 대단한 점수였던 게 틀림없다. 들뜬 마음으로 며칠을 보내는 사이 학교 복도에서 선배들과 마주쳤다. 당신들이 날 그렇게 무시했지만, 점수가 잘 나왔다고 하기도 뭐해서 그냥 대충 눈인사만 하고 지나치려는데 눈치 없는 선배들이 나를 불러 세웠다.

"시험 잘 봤냐? 몇 점 받았냐?"

별다른 인사 없이 바로 단도직입적으로 점수를 물어보는 질문에 나는 어설픈 웃음으로 얼버무렸다. 말끝을 흐리는 모습에 못 봤을 것이라 확신을 한 건지, 몇 점인데 그러냐며 그냥 말해보라고 조르기까지 해대는 통에 결국 1600점 만점에 1580점을 받았다고 말했다. 한동안 아무 말이 없던 선배들은 축하한다는 말을 건네고 뿔뿔이 흩어졌다.

그 후에도 점수 이야기를 할 상황이 생겼다. 같은 강의를 듣는 친구들과 모여 수다를 떠는데 한 사람씩 자신의 점수를 말하기 시작한 것이다. 그중

영어 점수가 680점, 수학 점수가 800점인 미국 친구가 한 명 있었는데, 내 점수를 듣더니, "넌 수학과면서 800점을 못 받고 790을 받다니 실망인걸?" 하고 웃어댔다. 그래서 나도 웃으며 그에게 말해주었다.

"넌 미국 애면서 외국인인 나보다 영어를 못하다니 실망인걸?" 하고.

나의 에세이를 공개합니다

성적표와 각종 시험에서 받은 점수들, 그리고 지금까지 들은 강의 제목과 같은 '사실'들이 난무하는 입학 원서들 사이에서 나 자신을 자유롭게 어필할 수 있는 유일한 서류가 바로 에세이다. 강의했던 교수님이 나에 관해 내린 평가와 상관없이 성적은 A에서 D까지의 등급으로 표시되고, 입학을 심사하는 사람들은 이를 객관적인 근거에 의해 구분한다. 하지만 에세이는? 문법이나 표현상의 오류가 없다는 전제하에서, 수준이 높고 낮음을 구분해낼 수 있는 서류가 아니다. 간단히 말해서, 대학이나 대학원 시험을 위해 제출해야 하는 서류 중 주관적인 평가가 가능한 유일한 항목이 바로 에세이다.

지난 경험을 토대로 에세이 쓰기를 이야기하자면, 첫 부분에는 자신의 전공과 앞으로 연구하고 싶은 분야를 잘 연결해서 설명해야 한다. 그런 뒤에는 이와 관련이 있는 활동들, 연구 참여라든가 인턴십 등의 경험을 하나하나 짚어가며 그 분야에 관한 자신의 의지와 열정, 학문적 깊이의 근거를 제시한다. 이때 중요한 것은 뭉뚱그려 쓰는 대신 프로젝트명과 함께 일한 교수님, 대학원생, 자신이 맡았던 역할 등을 구체적으로 써야 한다. 결론에서는 자신이 그 학교에 왜 적합한지에 대해 설명해야 한다. 지금까지 여러 교수님, 대학원생들과 함께 연구하고 일해본 결과 자신이 연구 생활에 잘 적응할 수 있다든가, 희망 학교에서 연구를 하게 되면 자신은 물론 학교에도 긍정적인 결과를 가져올 것이라는 확신을 이야기하면 된다. 따라서 학교가 지향하는 연구 방향이라든가, 학교가 원하는 인재상 등을 정확히 알아두는 것이 좋다.

아래의 에세이는 내가 와튼 스쿨에 입학할 때 낸 에세이다. 입학 지원자들이 대개 비슷한 수준의 학교 성적과 사회 활동 경험을 가지고 있다는 가정 아래, 나는 이 에세이가 나를 와튼 스쿨에 들어갈 수 있도록 만들어주었다고 믿고 있다.

Statement of Academic Purpose

DongJoo Suh

I have always been fascinated by the problems involving analysis and comprehension of human behavior. Although I began my career at MIT as a mathematician, my strong interest in human related study soon inspired me to explore various research areas such as investigating consumer behavior or measuring the truthfulness of people's responses. Such experiences taught me that human behavior is extremely difficult to predict or assess because it involves subjective judgments. This essay documents my past and on-going studies in search to understand the patterns and correlations in the ways people behave. In pursuing my doctorate, I wish to enhance my understanding of human behavior, especially via computational models.

My journey into human behavioral research began three years ago when I began working as a research assistant for Michael Norton, now an assistant professor at Harvard Business School. At that time, he was a post-doctoral fellow at Professor Dan Ariely's eRationality Group at the Sloan School of Management and Media Laboratory at MIT. The study focused on investigating the irrationality of consumer decision-making processes. Our results tended to indicate that consumers are more irrational than expected when making decisions according to their preferences, which ran counter to the theory of rational expectation – one tenet of neoclassical economics.

Compelled to elevate my investigation into brain functions and how they influence human behavior, I spent the following semester at Professor Tomaso Poggio's Brain and Cognitive Science Laboratory. Therein, I learned about the computational model of object recognition in the visual cortex of the human brain called a HMAX ("Hierarchical Model and X") model. In learning about the nuances of computational neuroscience, I began to ponder issues related to applying computational neuroscience to human behavioral research. The main objective of the HMAX model is to simulate the object recognition process in the cortex and to provide insight into how neuronal population corresponds to the shape information of visible objects. In order to make it more robust, I worked with Ph.D. student MinJoon Kouh to advance the MATLAB implementation of the HMAX model.

As my interest in this exciting field burgeoned, I sought out additional avenues of learning. In spring semester 2006, for example, I worked with Leonard Lee, now a Columbia University faculty, at Professor Dan Ariely's Laboratory on consumer behavior. The research studied the vulnerability of consumers' primary consumption goals. A variety of goal-evoking promotions were employed during the shopping process to prove that consumers' objectives are easily manipulated by extrinsic elements such as conditional coupons. Besides conditional coupons, various other conditions were applied. For example, we observed the effect of giving either sweet or savory food to people before they went in to shop, or handing out a shopping basket in front of the shop.

After several research experiences in which I worked alongside graduate students, ultimately I sought opportunities where I could work more independently. Since the summer of 2007, I have been teaming with Professor Drazen Prelec in the Sloan Management Department on art expertise. Specifically, we designed a survey which includes 90 different modern/contemporary art pieces and questions about each work of art. Although seemingly simple, collecting a wide range of art both price-wise and quality-wise required not only the knowledge about art, but also characteristics such as decisiveness and promptness. The questions asked for the opinions of the participants and their predictions on how experts and non-experts would respond. Empirical data were collected from art experts working in galleries. In order to analyze the large set of data, I have implemented a MATLAB code to compute Bayesian Truth Serum (BTS) scores, which is an "information-scoring" system measuring truthfulness of the survey responses. The objective of the research is to search for general patterns and correlation between participants. This is an on-going project, and future studies will include data collection from non-experts (MIT graduate students) and results comparisons with responses from experts.

In all, I believe that MIT has prepared me well for the rigors of graduate study. In addition to my solid academic record in undergraduate classes, I have taken several graduate level courses in mathematics and behavioral economics, in which I excelled. Moreover, I have been continuously working as a research assistant for graduate students and professors to challenge and further enhance my understanding of the projects. Throughout my time at MIT, I have been profoundly involved in research via designing and performing experiments as well as developing code for analysis. Being employed as an undergraduate research assistant for various laboratories has afforded me an exceptional opportunity to work closely with professors and graduate students. Collectively, these experiences have provided me with a good understanding of what I should expect in a research oriented university life. I am certain that the graduate program in Marketing provided by Wharton is the most apt choice for me to explore the phenomenon of human behavior, and that I will thrive in such an environment.

면접의 추억

대학 입학 때는 인터뷰를 하는 경우가 없지만, 대학원 입학 때는 간혹 면접을 요청하는 학교들이 있다. 하버드 대학원은 면접을 요구하는 대학원 중 하나. 하버드에는 합격하지 못했지만 면접 경험은 많은 것을 깨닫게 했다. 참고로 와튼 스쿨은 면접을 보지 않고 붙었다. 만약 면접이 있었더라면 하버드의 경험을 살려서 더 잘할 수 있었을 텐데 말이다.

면접은 보통 아침 9시 30분쯤부터 6~7명의 교수님들과 각각 만나서 보게 된다. 한 교수님이 30분 정도의 시간을 할애해주시는데, 점심 시간에는 해당 시간에 면접을 보시는 교수님께서 학교 내의 식당에 데려가 함께 식사를 하며 면접을 하기도 한다. 물론 면접에 온 신경을 집중하다 보면, 밥이 코로 들어가는지 입으로 들어가는지 모를뿐더러 메뉴도 전혀 기억나지 않는다. 교수님들과의 면접이 끝난다고 쉴 수 있는 것은 아니다. 이미 대학원에 다니고 있는 선배 대학원생들과 만나야 하기 때문. 교수님들보다 훨씬 편안하게 대할 수 있는 데다 궁금한 것들을 물어볼 수 있고, 조언이 필요할 때 연락할 수 있는 사람을 알게되는 좋은 기회다. 게다가 근처의 유명 레스토랑에서 와인과 함께 멋진 저녁을 먹을 수 있는 기회이기도 하다. 면접을 잘 끝내고 홀가분한 마음으로 이 시간을 즐기기 위해, 면접에 관해 한 가지 중요한 조언이 있다면 면접 내내 자기 자랑을 하라는 것.

"난 이런 강의들을 들었고, 모든 강의에서 최고의 성적을 받았다. 틈틈이 대학원 레벨의 강의를 들었고 그곳에서도 난 상위 1퍼센트 안에 들었다. 보통은 3~4개의 강의를 듣지만 나는 5~6개의 강의를 들으면서도 교수님의 조수로 인턴을 할 정도로 시간 관리를 잘하고 있다. 게다가 이런 강의에서는 조교로서 동료 대학생들을 가르쳤고, 이를 통해 가르침과 도움의 미덕을 배웠다. 그 경험으로, 난 내가 연구와 공부 그리고 가르치는 것 모두에 뛰어나다는 것을 느꼈고 그렇기 때문에 너희 학교에 내가 들어간다면 학교에 큰 도움을 주는 학생이 될 것이다."

한국적인 정서로는 낯뜨거울 수 있는 자기 자랑이지만, 미국에서는 이를 넘치는 자신감으로 해석한다. 다 아는 이야기지만, 쉽게 말해 쓸데없는 겸손보다는 자신감을 보이는 것이 미래를 더 밝게 만든다. 그렇다고 자신감만 넘친다고 되는 일은 아니다. 면접을 보기 전 자신이 들었던 강의 내용들을 정리하고 다시 한번 공부하는 것은 필수. 면접을 담당하는 교수님들이 강의 내용에 대해 질문했을 때 망설임 없이 술술 대답해야 함은 물론, 지금까지 했던 일이나 인턴십에 대해서도 세세한 부분까지 설명할 수 있어야 한다. 대부분의 면접자들은 미리 각 교수님들이 썼던 논문들을 하나하나 읽어본다. 나 역시 교수님들의 논문을 살펴보았고, 대부분의 논문 내용을 외워갔다. 그래서 교수님들이 자신의 학교에서 또는 자신과 어떤 연구를 하고 싶은지에 대한 질문에 교수님들의 논문들을 언급해가며 내가 하고 싶은 연구 분야에 대해 설명했다. 말하자면 '합격만 시켜준다면 열심히 하겠습니다.'라는 각오도 중요하지만 논리적이고 학술적인 근거가 필요하다. 그야말로 조리 있게, 누가 들어도 내가 학교에 필요한 인재임을 알리는 것이 면접의 핵심인 셈이다.

예비유학생이 기억해야 할 유학의 현실

유학 생활은 그다지 낭만적이지 않다. 수업은 빡빡하고 과제는 산더미 같은데 유혹의 손길이 도처에서 뻗친다. 내가 아는 사람들 중에도 유학에 실패한 사람들이 많다. 부모님이 주시는 돈으로 주중이건 주말이건 관계없이 시내로 나가 쇼핑을 하고 중학생 때부터 술 · 담배를 하거나 마리화나를 피는 아이가 있었다. 그런가 하면 아무렇지도 않게 200만 원짜리 핸드백을 사는 아이도, 친구들과 모여서 술을 마셨는데 300만 원이 나왔다며 웃으며 말하는 아이도 있었다.

소수의 유학생들의 나쁜 행실 때문에 모든 유학생들을 나쁘게 평가하면 안 되겠지만, 유학생인 내가 봐도 외화 낭비인 아이들이 있다. 예를 들어, 굉장한 부잣집 아들인 한 아이는 굳이 돈을 벌거나 좋은 학교를 졸업하지 않아도 한국에 돌아가 아버지의 사업을 물려받으면 되었기 때문에 모든 일에 열의가 없었다. 좋은 성적을 받지 않아도 기부금으로 졸업이 가능했기에 학교도 거의 나가지 않았다. 그는 남아도는 시간을 카지노에서 보냈다. 그는 주말마다, 어떤 때는 주중에도 카지노를 찾았고 나중엔 학비를 내라고 준 돈마저 카지노에 털어 넣었다. 결국 하루 만에 1000만 원이 넘는 돈을 잃는 지경에까지 이르렀다.

어떤 학생은 대학교에 들어가자마자 마리화나를 구하기가 너무 쉽다는 사실에 흥분해서 호기심으로 마리화나를 시작했다. 처음엔 가끔씩 했지만 나중에는 거의 매일 약에 취해 살았다. 그 결과 마리화나를 한 것도 모자라 술에 취한 채 운전을 하다 차 사고를 내는 바람에 철창 신세를 졌다.

한국의 관대한 음주 문화는 미국 유학생들에게도 영향을 미친다. 일부 한국 유학생들은 한국 식당에 많이 간다. 한국 음식이 그리워서라고 생각할지 모르지만 천만의 말씀이다. 극히 일부이긴 하지만 몇몇 한국 식당에서는 불법으로 술을 마실 수 있는 데다가 학생증을 체크하지 않기 때문이다. 대학교 입학 후 선배들이 늦게나마 입학 기념 파티를 해준다고 1학년들을 데리고 시내에 있는 한 한국 식당에 데려간 적이 있다. 만으로 갓 스무 살이 넘은 나는(믿기 어렵겠지만) 그날 처음 술을 마실 수 있다는 것에 엄청나게 들떴다. 아직까지 내가 모르는 어른들의 세계를 엿보는 기분이 들었으니까. 미국에선 만으로 스물 한살이되어야만 법적으로 술을 마실 수 있고, 나를 포함한 1학년 학생들은 술을 마실 수 있는 나이가 아니었다. 하지만 한국 식당이라 찻주전자에 담긴 술을 마실 수 있었고 처음 접해보는 술에 나는 정신이 없었다. 시간이 지날수록 언니들도, 나도, 그리고 그 식당 안에 있던 한국 유학생들도 다들 취하기 시작했다. 아무 데나 토하는 사람, 땅바닥에 주저앉아 엉엉 우는 사람, 멱살 잡고 싸우는 사람, 화장실에 휴지를 깔고 뻗은 사람 등등 온갖 사람들이 다 있었다. 그나마 정신을 차리고 있던 한 선배 언니와 나는 콜택시를 불러 우리 학교 학생들을 전부 싣고 학교로 돌아왔다. 학교로 돌아왔는데도 잠이 오지 않았다. 내가 지난 몇 시간 동안 한 행동들이 덧없이 느껴졌고 시간 낭비를 한 것 같았다. 결국 불을 켜고 책상 앞에 앉아 동이 틀 때까지 미친 듯이 공부를 하고 나서야 잠이 들 수 있었다. 그 뒤로 지금까지 그날과 같은 일은 다시는 없었다.

하지만 한심하게도 이런 경험을 하는 유학생들은 셀 수 없을 정도다. 나 역시 옳지 못한 경험을 했지만 그 후 그런 일이 없었고, 오히려 그 경험을 만회하기 위해 더 열심히 공부했다. 덕분에 상도 많이 받았고, 클린턴 대통령에게 대통령상까지 받기도 했다. 참고로 내 동생 미로는 부시 대통령에게 상을 받아 우리 집엔 두 개의 다른 대통령상이 있다. 9학년에 올라갈 시기에 받은 그 상은 대통령이 각 주마다 가장 뛰어난 학생에게만 주는 상이라 매우 뜻 깊은 것이었다. 아빠는 그 상장을 복사해서 – 원본이 다치면 안 되니까 – 들고 다니며 만나는 모든 사람에게 보여주었다. 부모님을 즐겁게 하려고 공부해서는 안 되지만, 나를 낳아준 부모님에게 그런 즐거움과 보람을 드릴 수 있다면 좋은 일이지 않은가. 그리고 만약 그럴 마음이나 각오가 없다면 쓸데없이 돈과 시간을 버리는 유학을 자제해야 하지 않을까. 한국의 부모들도 유학에 대해 막연한 환상을 버려야 한다. 한국과는 또 다른 종류의 '나쁜 짓'들이 가능한 곳이 미국이기에 헛된 기대보다는 현실을 직시할 수 있는 능력이 더 필요하다.

학교는 중요하다

● 노벨상을 받은 교수님들과 그 분야에 대해 자유롭게 토론하고 강의가 끝난 뒤에는 친구처럼 대화할 수 있다.

● 자신들이 직접 집필한 교과서로 가르치는 백발 교수님들의 열정적인 강의를 들을 수 있다.

● 사회를 이끌어나갈 재목들과 인연을 쌓고 친구가 될 수 있다.

● 그리하여 미래에 내게 도움을 줄 실력 있는 비즈니스 파트너 풀 **Business Partner Pool** 을 얻을 수 있다.

- 세상에 영향력을 발휘하여 좀 더 나은 방향으로 만들어나갈 수 있다.
- 놀라울 정도의 끈기와 도전 의식을 갖게 된다.
- 그리고 무엇보다 큰 꿈을 가지게 된다.

이것들 모두가 좋은 학교에서 수업을 듣고 공부함으로써 경험할 수 있는 것들이다.

공부 · 성적 · 학벌이 인생에서 가장 중요한 일이 되어서도, 전부가 되어서도 안 되지만, 공부를 열심히 하고 좋은 성적을 받고, 좋은 학교에 들어가야 하는 이유는 분명히 있다. 나는 이 사실을 MIT에 들어가서야 깨달았다.

MIT 수업 일상사

일반적으로 미국의 대학생들은 한 학기당 4개 정도의 강의를 듣는다. MIT에서는 9개나 되는 강의를 듣는 학생들도 가끔 찾아볼 수 있다. 남들의 두 배가 넘는 수업을 듣다 보면 강의 시간이 겹쳐 모든 강의에 참석할 수 없는 상황도 생긴다. 강의를 듣지 못한다 해도 혼자 공부한 후 시험에 참석할 경우에도 수업을 들은 것으로 인정한다. 이런 식으로 한 학기에 9개나 되는 강의를 들으면 복수 전공이 아닌, 아예 대학을 두 번 졸업한 것이 되므로 두 개의 졸업장을 받는다. 그것 때문에 무리해서 강의를 듣는 학생들이 종종 있다. 나의 경우에는 졸업장이 두 개가 필요해서가 아니라 웰슬리 대학에서 미술을 전공한 관계로 수학과 과학 강의들을 빠른 시간 내에 들어야 해서 5개에서 6개 정도의 강의를 들었다.

이렇게 듣게 되는 수업의 진행이나 구성은 대개 비슷하다. 강의당 보통 3번에서 4번의 시험이 있고 6개에서 15개 정도의 과제가 주어진다. 학기말 시험 대신 프로젝트가 주어지는 경우도 있지만 수학과에서 그런 일은 드물다. 1 · 2학년에게는 과제 하나하나의 비중, 강의 시간 내에 풀어서 내야 하는 미니 퀴즈의 비중이 꽤 크지만 학년이 높아질수록 자잘한 숙제나 과제들보다는 학기말시험의 비중이 커지기 때문에 시험에 대한 부담감 또한 커진다. 그와 반대로 학년이 높아지면서 책의 두께는 굉장히 줄어드는데, 난이도 높은 문제는 증명하거나 푸는 데 걸리는 시간이 길어지기 때문이다.

5~6개의 수업을 듣는 학기를 두 번 정도 보내며 느낀 점은 더 이상 벼락치기는 아무 소용이 없다는 점이었다. 벼락치기를 하기엔 외워야 할 내용이 너무 많을뿐더러, 배운 내용을 완벽하게 이해할 시간이 턱없이 부족하기 때문에 학기가 시작됨과 동시에 시험 준비에 돌입해야 했다. 하지만 개강 첫날부터 강의를 준비해오시는 교수님들과 그것을 당연하게 받아들이는 학생들의 열의를 보고 있노라면 이 모든 것이 당연하게 느껴진다. 한국에선 친한 선배들에게 '족보'를 얻지만 MIT에선 교수님들이 직접 코스 웹사이트 **Course Website** (강의를 듣는 정식 MIT 학생만 들어가 볼 수 있는 수업 웹사이트)에 6~7년 동안의 시험지와 과제들 그리고 답안들을 올려주시기 때문에 모든 학생들이 공평한 정보를 가지고 강의를 시작할 수 있다. 그리고 그것은 전 시험 문제들과 같은 문제나 과제는 전혀 없다는 의미다. 늘 새로운 과제와 시험을 준비하는 열정적인 교수님들 덕분인지 공부를 즐기는 친구들 덕분인지 MIT는 언제나 학구열로 뜨겁게 불타오르고 있다. 만약 MIT 수학 강의 내용이 궁금하다면 '오픈 코스 워크 **Open course work, http://ocw. mit.edu/OcwWeb/Mathematics/index.htm** 에 접속해보면 된다. OCW에는 그 강의에서 냈었던 일부 시험 문제와 과제의 답안이 올려져 있어 MIT 학생이 아니어도 누구든 쉽게 강의 개요와 내용을 접할 수 있다.

잘 먹고 잘 자자고 하는 공부?

고등학교 때에는 60킬로그램이 넘은 적도 있을 만큼 나는 식욕이 왕성한 편이었다. 하루 세끼를 꼬박꼬박 챙겨 먹는 것으로 모자라 간식으로 베이글에 크림치즈를 발라 먹거나, 매점에서 스테이크에 치즈까지 넣은 샌드위치를 사 먹는 일이 많았다. 그때는 먹어도 먹어도 늘 배가 고팠다. 먹깨비처럼. 지금 생각해보니, 당시의 나는 먹는 것으로 스트레스를 풀었던 듯하다. 그런 내가 MIT에 입학한 후 가장 놀랐던 것은 밥 먹는 것을 잊을 정도로 공부에 열중하는 학생들의 모습이었다.

하루 종일 강의를 듣고 집에 돌아오는 길에 만난 친구에게, "피곤하다, 그렇지? 점심은 먹었니?"라고 물어보면, "아, 까먹고 있었어. 어쩐지 배가 고프더라."고 웃는 경우가 많았다.

내 주변뿐 아니라 MIT 전체를 놓고 봤을 때도 밥을 먹는 것이나 잠을 제대로 챙겨 자는 것에 큰 의미를 두는 학생들을 찾아보기 힘들었다. 졸업할 즈음엔 나도 먹고 자는 것을 모두 최소화하는 것에 익숙해졌지만, 처음에는 그야말로 어마어마한 문화적 충격이었다.

이처럼 밥 먹는 것조차 잊은 아이들을 보며 내린 결론은, MIT엔 물론 천재도 많지만 무엇보다도 배움에 뜻이 있는 아이들이 많다는 것이다. 도서관은 시험 기간과 무관하게 늘 밤새우며 공부하는 아이들이 장악하고 있다. 그런 모습을 보며 자극을 받지 않을 사람은 없다. 나도 덕분에 흐트러진 마음을 다잡은 경험이 한두 번이 아니었으니 말이다. 비록 지금은 주변의 다른 학교 학생들에게서 '너디 **Nerdy** ('범생이' 같다는 속어, 촌스러운 옷을 입고 안경을 쓴다는 의미)'하다는 놀림을 받지만 몇 년의 시간이 흐른 뒤에는 세상을 바꾸는 사람들이 되어 있을 아이들인 것이다. 한번은 잠을 못 자는 통에 눈의 실핏줄이 다 터져 본의 아니게 납량특집 호러 영화의 주인공이 되어 학교를 돌아다닌 일이 있었다. 그렇게 했음에도 내 머리의 한계를 느낄 땐, 죽고 싶을 만큼 힘들어 그만 포기하고 싶을다 때도 있다. 하지만 더 안 좋은 상황에 있으면서도 포기하지 않는 친구들과 뜨거운 열정을 가진 MIT 재학생들의 모습을 보며 나도 도전 정신이 생겼다.

그런 친구들과 함께 공부하고 사회의 문제점들에 대해 토론하며, 노벨 물리학상을 받은 교수님들이 넘쳐나는 학교에서 공부를 할 때면 나에게도 에너지가 생겨난다. 없는 에너지라도 만들어야 한다. 공부를 잘하려면 높은 아이큐도 중요하지만, 그보다는 끊임없는 노력이 필요하다는 것을 직접 보고 깨닫게 한 MIT를 나는 평생 잊지 못할 것이다.

B⁺인데 왜 울어?

MIT로 학교를 옮기고 얼마 지나지 않아, 2주 동안 엄마와 케임브리지 **Cambridge** 에서 생활한 적이 있다. 그 2주간은 매일 엄마와 함께 강의를 들으러 갔다. 내가 MIT에 다닌다는 사실을 여전히 믿지 못하는 엄마를 위한 학교 체험 코스라고나 할까. 9시 30분부터 11시까지 진행되는 아침 강의가 끝나면 스태타 센터 **Stata Center** 에 있는 카페테리아에 가곤 했다. 베이글과 커피를 사서 한쪽 귀퉁이에 자리 잡고 앉아 점심 시간을 만끽하려는 찰나, 바로 옆에서 울음소리가 들려왔다. 무슨 일인가 싶어 고개를 돌리니 신입생으로 보이는 여학생이 두 손에 종이를 한 장 들고 흐느끼고 있었다. 엉엉 우는 여학생을 보면서, 미안한 이야기지만 왜 그렇게 우는지 궁금해졌다. 그렇다고 대성통곡하는 아이에게 대놓고 물어보기도 미안해 쓰레기를 버리러 가는 척하며 종이의 정체를 확인했다. 허무하게도 종이의 윗부분엔 검은 펜으로 '85/100'라고 쓰여 있었다.

자리에 돌아오자 내 옆구리를 살짝 찌르며 도대체 뭐라고 쓰여 있냐고 묻는 엄마에게,

"시험 점수를 85점 받았나 봐."라고 말하며 멋쩍게 웃었다.

"아니, 85점이면 B⁺이니까 잘한 거 아냐? 왜 우는 거야?"

엄마는 큰 두 눈을 더 크게 뜨며 나에게 다시 물었다.

"잘한 거지. 아무래도 시험 문제 수준이 높으니까 85점은 잘하면 A까지도 되거든. 상위권인 셈이야."

"그런데도 저렇게 서럽게 울다니, 너무 모범생 타입인 거 아니야?"

엄마는 어이가 없었던지 헛웃음을 지었다. 엄마 말이 맞았다. 그녀는 누가 봐도 괜찮은 점수를 받았음에도 울고 있었으니 어떻게 보면 꽤나 황당한 상황이었다. 같은 학교 학생인 나조차도 순간적으로 좀 심하다고 생각했을 정도였으니 말이다. 솔직히 '너무 완벽주의자가 되려는 거 아냐?'라고 생각했던 것도 사실이다.

하지만 모든 강의를 마치고 방으로 돌아와 책상 앞에 앉아 낮에 있었던 일을 곰곰이 생각해본 나는 문득 나 자신이 아직 한참 모자란다는 사실을 깨달았다. 그녀는 단순히 시험 하나를 망쳐서 운 게 아니었다. 그 시험 하나 하나가 모여 한 학기를 이루고, 학기들이 모여 그녀의 대학 성적이 되고, 그 성적은 앞으로 그녀가 원하는 꿈에 도달하게도, 도달하지 못하게도 할 수 있었기에, 그녀는 울고 있었던 것이다.

처음에는 시험 성적 하나에 울고 웃는 학교 학생들을 이해할 수 없었던 나였지만, 시간이 지나면서 나 역시 그들과 닮아갔다. 나 또한 내가 바라는 미래의 내 모습에 도달하기 위해, 정말 사소하기 그지없는 숙제 한 문제도 최선을 다해야 한다는 사실을 깨닫게 되었기 때문에.

MIT는 숫자로 말한다

MIT의 모든 학과는 번호로 통한다. 내가 전공하는 수학과는 18번이고 경제과는 14번, 물리과는 8번으로 부르는 식이다. 그래서 MIT를 같이 다니는 학생들이나 졸업생과 대화를 할 때면 'What is your major?(전공이 뭐니?)'라고 묻는 대신 'What is your course number?(몇 번 전공이니?)'라고 묻는다. 35개나 되는 전공들 중 5개를 제외하고는 전부 번호가 붙어 있기 때문에 대개의 전공들을 번호로 부르는 것이다.

이 이야기를 듣는 사람들은 어떻게 그걸 다 외우느냐는 반응을 보이기

십상이다. 하지만 학교에서 생활하다 보면 만나는 친구들마다 번호로만 자신의 전공을 이야기하기 때문에 한 달도 안 되어 금세 다 외우게 된다. 자신이 MIT를 나왔다고 거짓말하는 사람이 있다면 전공 번호를 물어보라. 정말로 번호 때문에 사기가 들통 난 사람도 있었다. 한참을 MIT에 대해 떠들던 그 사람은 전공이 몇 번이었느냐는 질문에 대답을 할 수 없었던 것이다. 번호만 몰랐던 것이 아니라, 아예 전공에 번호가 붙여져 있다는 사실조차 몰랐기 때문에 그는 결국 얼굴이 빨개지더니 자리에서 도망쳐버렸다.

MIT를 나왔다고 사기를 치려면 한 가지 더 주의해야 할 점이 있다. 그것은 바로 건물 번호이다. 수학 건물은 2번, 물리학 건물은 4번 식으로 번호가 붙어 있기 때문에 몇 번 건물에 있느냐가 자신의 전공을 말해주기도 한다. 결국 MIT에선 모든 것이 숫자다.

수학의 재발견

누군들 그렇지 않을까마는, 어렸을 때 내가 입에 달고 살았던 말 중 하나가 이거였다.

"수학은 정말 싫어!"

중학교 때도, 고등학교 때도 누군가가 수학이나 과학에 대해 이야기하면 고리타분하고 어려운 이야기라는 생각에 거부반응부터 일었다. '수학은 어렵다'는 인식이 머릿속에 깊숙이 자리 잡고 있어서인지, 이상하게도 수학 점수를 잘 받았음에도 '난 수학을 못해. 난 수학을 싫어해.'라는 근원을 찾을 수 없는 굳건한(?) 믿음이 있었다. 내가 예술 방면에만 재능이 있다고 굳게 믿고, 수학이나 과학 쪽은 아예 쳐다보지도 않았던 것이다.

그러다 대학교 신입생 시절, 우연한 기회로 선형대수 강의를 듣게 되었는데, 여태껏 내가 알던 수학과는 전혀 다른 세계가 내 눈앞에 펼쳐졌다. 수학의 한 분야인 선형대수는 영화 〈매트릭스 Matrix 〉에서나 보던 그 매트릭스를 사용하는 수학이었다. 게다가 주어진 공식으로 문제를 풀어 답을 내는 대신, 주어진 문제를 증명하는 수학이었다. 이 '수학적 증명'이라는 것이 얼마나 재미났던지, 누가 시키지도 않았는데 밤마다 교과서를 펴놓고 과제 외의 부분들까지 풀어가며 수학에 빠져들기 시작했다.

그 강의를 통해 나는 내가 수학을 싫어하는 것이 아니라, 단지 잘못된 인식을 가지고 있었다는 것을 깨달았다. 그러고 보니 나는 고등학교 내내 다른 과목은 몰라도 수학만은 100점을 받아왔고, 미술을 전공하면서 필요하지도 않은 수학을 교양 과목으로 선택한 덕에 결과적으로 꽤 많은 수학 강의를 들어왔다. 생각이 여기에 다다르자 미술 대신 새로운 분야에 도전하고 싶다는 생각이 들었고(물론 나는 아직도 미술을 사랑하지만), 결국 웰슬리에서 MIT 순수수학과로 편입을 하게 되었다.

가끔씩 걷잡을 수 없이 어려운 수학 문제에 부딪히면 논리적이지 않아도 되는 미술이 그리워질 때도 있지만, 그럼에도 내게 수학은 너무나 매력적인 학문이다. 일단 수학의 매력을 안 후에는 결코 예전으로 돌아갈 수 없으니 어쨌든 나는 수학을 선택할 수밖에 없었을 것이다. 〈매트릭스〉의 네오가 알약을 먹고 현실을 본 이후 다시 매트릭스의 세계로 돌아갈 수 없는 것처럼.

숫자만 사랑한 남자

만일 수학에 관심을 갖고 있다면, 혹은 관심을 갖고 싶다면 폴 호프만 **Paul Hoffman** 이 쓴 〈숫자만 사랑했던 남자 **The Man Who Loved Only Numbers** 〉를 추천하고 싶다. 이 책에서는 헝가리 출신 천재 수학자 폴 에르디시 **Paul Erdos** 의 삶과 수학에 대한 사랑과 열정을 편하게 풀고 있다. 책을 읽은 전공을 수학으로 바꾼 직후였다. 유태인 수학자 부모 사이에서 태어난 폴 에르디시는 세 살 때 이미 그의 가족과 친구들이 몇 초를 살았는지를 계산할 수 있었고 네 살 때 혼자서 음수 개념을 깨쳤다. 당연히 어릴 때부터 천재로 주변 사람들에게 인정을 받았다. 똑똑한 것은 물론 유별나고 독특하기로도 유명했던 폴 에르디시는 자신만의 언어를 구축하기도 했다. 예를 들어 그가 '(지구에) 언제 도착하셨습니까?'라고 물으면 그 뜻은 '몇 년생이십니까?'라는 것이었다. 작은 아이를 보면 '엡실론 An epsilon !'이라고 소리치곤 했는데 엡실론은 수학에서 작은 양을 나타낼 때 쓰는 그리스 문자다. 그는 수학을 너무나 사랑한 나머지 그 외의 것들엔 그다지 중점을 두지 않았다. 여자도, 아이도, 직업도, 취미도, 집도, 아무것도 없이 전 세계를 여행하며 수학을 연구했다. 동료 수학자의 집 문 앞에 서서 '나의 뇌는 열려 있소 My brain is open !'라고 말한 뒤 하루 이틀 정도의 시간을 동료와 함께 연구하는 데 쓰고 또다시 다른 집으로 떠났다. 그는 사는 동안 세계 각국의 학자 500여 명과 함께 1500여 편의 공동 논문을 작성한 20세기 최고의 정수론 학자였다. 70세가 넘어서도 1년에 50편 정도의 논문을 발표했는데 그것은 보통의 수학자가 평생 쓰는 양과 비례했다.

폴 에르디시는 '에르디시 넘버'로도 유명한데 이것은 그의 동료들이 그를 기리기 위해 만든 것이다. 한동안 유행했던 '케빈 베이컨 게임(케빈 베이컨과 함께 연기했던 배우들의 관계도를 숫자로 표시한 것)'을 떠올리면 좀 더 쉽게 이해가 될지도 모르겠다. 폴 에르디시 자신이 에르디시 넘버 0이고 그와 함께 논문을 발표한 학자들은 에르디시 넘버 1을 가지게 된다. 그리고 에르디시 넘버 1인 사람들과 함께 연구한 저자들은 에르디시 넘버 2를 가지게 되는 형식이다. 그리고 에르디시 넘버를 가진 사람들과 완벽하게 동떨어져 있다면 에르디시 넘버 무한대 Infinity 를 가지게 된다. 놀랍게도 90퍼센트 이상의 수학자들이 에르디시 넘버 8 이하를 가지고 있다고 하니 그의 존재가 수학사에서 얼마나 중요한지를 알 수 있다.

처음 폴 에르디시에 대해 알게 된 것은 대학 1학년 수학 강의 때였지만, 그의 '수학적 삶'에 관해 읽게 된 것은 그로부터 1년이 지난 후였다. 수학 이외의 모든 것을 희생한 그의 열정에 대해 읽으면서 나도 내가 이렇게까지 미친 듯이 집중할 수 있는 그 '무엇'인가를 찾아야겠다고 생각했다. 한국에서는 그에 관해서 〈화성에서 온 수학자〉나 〈우리 수학자 모두는 약간 미친 겁니다〉라는 책들이 출간되었다.

두 개의 과학 질문

"계절은 왜 존재하는가?"

글을 읽기 전 각자 답을 한번 생각해보기 바란다. 프라이빗 유니버스 프로젝트 Private Universe Project:PUP 는 하버드 대학 졸업식에 찾아가 23명의 하버드 졸업생들과 교수진들에게 이런 질문을 던졌다. Schneps & Sadler, 1988 놀랍게도 그중 21명이 질문에 대한 답을 내지 못했는데, 학생들 중 한 명은 졸업 바로 전에 행성학 Physics of Planetary Motion 강의까지 들은 학생이었다. 게다가 그 학생은 지구는 태양의 주위를 돌고 있는데 태양에 가까이 가면 여름이 되고 태양에서 멀어지면 겨울이 된다.'는 틀린 답을 뿌듯하게 내놓기까지 했다. 하지만 내가 살던 매사추세츠 주는 오히려 겨울에 태양과 가깝고 여름은 멀어지니, 이 학생의 대답은 '땡!'이다. 그렇다면 정답은 무엇일까? 지구에 계절이 생기는 이유는 바로 지구가 23.5도 기울어져 있기 때문이다. 계절이 생기는 이유에 대해 초등학교 때 분명히 배웠지만, 이런 간단한 질문에도 대답을 하지 못하는 사람들이 많다. 어쩌면 계절이 왜 존재하는지 단 한번도 궁금하게 여기지 않은 사람들이 더 많을 것이다.

두 번째 질문.

"왜 하늘은 파란색인데 우주는 까만색일까?"

일단 왜 하늘이 파란지부터 생각해보아야 한다. 사람들은 오랫동안 하늘 아래서 살아왔지만 정작 왜 하늘이 파란지에 대해 의문을 가진 최초의 인물인 물리학자 존 틴달 John Tyndall 은 18세기에야 나타났으니 여태껏 하늘이 왜 파란지 모르고 지낸 자신을 너무 원망하진 말자. 이것 역시 초등학교 때 배운 내용이라는 사실이 조금 마음에 걸리겠지만 말이다. 하늘의 색은 바로 대기 중에 존재하는 질소, 산소 등 많은 기체 분자들에 부딪쳐 산란하는 햇빛에 의해 결정된다. 그렇다면 왜 우주는 검은 걸까? 알다시피 우주에는 입자나 먼지가 거의 없다. 그렇기 때문에 빛이 산란되지 않고 어두운 것이다.

나는 어떤 사람들에게는 뜬금없이 들릴 이 질문을 매우 좋아해서 만나는 이들에게 가끔씩 물어본다. 어렸을 때 배운 쉬운 문제인 데다가 우리의 삶과 직접적으로 연관이 있는 과학 문제니 말이다. 초등학교 때 왜 하늘이 파란지에 대해 처음 배웠을 때 난 찌릿한 감동을 느꼈다. 아무렇지 않게 올려다 본 하늘이 색을 가진 정확한 이유가 있다는 사실이 어린 내게는 흥미로운 일이었다. 덕분에 과학과 수학이 모두 우리 일상의 한 부분이라는 생각을 갖게 되었다.

〈생각의 탄생〉이라는 책에 이런 내용이 있다.

"쇠막대기건, 마림바의 나무키건, 첼로의 현이건 간에 물체의 길이가 음의 높낮이와 관련이 있음을 맨 처음 알아낸 것은 대장장이의 망치질 소리를 주의 깊게 듣고 있던 피타고라스 **Pythagoras** 였다."

매일 매일 망치질하는 대장장이가 아닌, 그 소리를 관심 있게 들은 피타고라스가 대발견을 할 수 있었던 것이다. 이처럼 계절이건 하늘이건 음의 높낮이건, 일상생활을 주의 깊게 보고 듣고 경험하는 자만이 일상의 가치를 발견할 수 있다. 다소 뜬금없는 결론일지는 몰라도 위의 두 가지 질문에서 얻은 답은 그 일상의 가치를 발견하는 일이야말로 자신을 발전시킬 수 있는 것이다.

비밀번호 243

대학 3학년 여름방학 때, 우리 가족은 와세다 대학교에 다니는 동생 미로를 만나기 위해 일본에 갔다. 온 가족이 들어서자 터질 것처럼 느껴지던 미로의 작은 자취방에서 이야기를 나누다 방구석에 자리 잡은 트렁크로 시선이 집중되었다.

"저 트렁크가 여기 있었네? 넌 왜 한국 올 때 저 트렁크를 안 쓰고 조그만 가방 2개에 나눠서 가져오는 거야?" 엄마가 미로에게 물었다.

"사실 저 트렁크에 입력된 비밀번호를 까먹어서 가방을 열 수가 없어." 미로는 멋쩍게 웃으며 말했다. 한심하다는 듯 쳐다보던 엄마는 트렁크를 고쳐서 가져오면 되지 않느냐며 미로에게 반문했고, 미로는 특별히 대꾸할 말이 없었는지 가만히 웃기만 했다. 엄마가 미로에게 뭐라고 하는 사이, 나는 트렁크를 살피기 시작했다. 자물쇠가 채워져 있다면 자물쇠를 부수면 되겠지만, 가방 자체에 자물쇠가 내장되어 있어 그렇게 할 수 없었다.

자물쇠는 비밀번호인 세 자리 숫자를 맞춰야 열리는데, 각 자리마다 0부터 9까지의 숫자 다이얼을 돌려 원하는 번호를 만든 뒤 열게 되어 있었다. 세 자리 다이얼을 각각 돌려 000으로 맞추고 가방을 열어보았다. 열리지 않았다. 이번엔 001로 맞추고 가방을 열어보았다. 역시나 열리진 않았지만, 다이얼을 돌리고 가방을 열어보는 데 걸리는 시간이 3초 이내라는 사실을 깨달았다. 비밀번호는 000에서부터 999까지 가능하니까 쉬지 않고 체크해본다면, 3곱하기 1000인 3000초 안에 번호를 알아낼 수 있다는 계산이 나온다.

나는 가족에게 일일이 번호를 체크해도 1시간 내에 알아낼 수 있을 거라고 말해주었지만, 그게 말이 되는 소리냐며 핀잔만 들었다. 사람인데 쉬지 않고 계속 체크하는 게 말이 되냐, 중간에 번호를 빠뜨리거나 까먹으면 다시 처음부터 해야 하는 거 아니냐는 등, 부정적인 의견들만 나왔다. 그래도 나는 "하지만 만약 비밀번호가 049라면 3분 이내에 알아낼 수 있는 거잖아?" 라고 우긴 뒤, 트렁크 앞에 자리를 잡고 앉았다.

처음에는 꽤나 속도를 냈지만, 역시나 시간이 지날수록 느려졌다. 200번을 넘겼을 때 이미 20분이 지났다. 가족들은 비웃는 눈치였지만 나는 오기가 생기기 시작했다. 그리고 몇 분의 시간이 더 지나 다이얼을 243번으로 맞추자 '철컥!' 하고 가방이 열렸다.

"243이었어!"

나는 큰 소리로 외쳤다. 활짝 열린 트렁크를 잠시 멍하니 바라보던 가족은 크게 웃기 시작했다. 한참 동안이나 '어떻게 그걸 끝까지 집요하게 열어볼 생각을 했느냐.'며 웃던 미로는 정색을 하더니 고개를 설레설레 저었다.

"누난 정말 집요해. 다행히 243번에서 멈추긴 했지만, 999번이었어도 끝까지 했을 거 아냐. 이럴 때 보면 왜 공부를 잘하는지 알 것 같아."

미로의 말이 맞는지는 잘 모르겠다. 하지만 확실한 건, 끈기를 갖고 하면 공부든 뭐든 다 잘할 수 있지 않을까.

수학으로 소통하다

봉사 활동 참여는 나에게 매우 중요한 일이다. 누군가에게 필요한 사람이 된다는 사실, 그것이 나의 존재 이유를 상기시키기 때문이다. 그래서 방학 기간에 고아원이나 장애우 시설에서 빨래, 식사 도우미를 하기도 했고, 학기 중에는 노숙자들에게 식사를 대접하는 일을 했다. 지금까지 꾸준히 하고 있는 일은 '세이브 더 칠드런 Save the children 이라는 기구를 통해 어린이들을 돕는 일이다. 여러 경로를 통해 많은 봉사 활동을 했지만, 그중에서도 가장 기억에 남는 것은 MIT 재학 중에 학교 친구들과 함께 근처 중학생들에게 수학을 가르쳐주었던 일이다.

내가 살았던 케임브리지 Cambridge 옆, 센트럴 스퀘어 Central Square 에는 흑인이나 히스패닉 계통의 사람들이 많이 살고 있어서 근처 공립학교에도 흑인, 히스패닉계 아이들이 많았다. 그 아이들의 부모님은 대부분 맞벌이를 했고 아이들의 교육에 신경 쓸 수 있는 여력이 없었다. 때문에 아이들은 학교를 마치면 몰려 다니며 놀았고, 자연히 공부에 뜻이 있는 학생을 찾아보기가 힘들었다. 그러니 첫 수업을 하기 전날 내가 약간의 걱정과 불안으로 잠을 설쳤다고 해도 이상한 일은 아닐 것이다.

"내 이름은 동주야. 지금은 대학에서 수학을 전공하고 있는데, 앞으로 너희에게 대수Algebra 와 기하학Geometry 를 가르치게 될 거야. 너희가 이번 방과 후 수업 프로그램After School Program 을 통해 수학에 관심을 가지게 되면 좋겠다."

다른 봉사자들의 인사가 모두 끝난 뒤, 한 사람이 10명 정도의 아이들을 데리고 각기 다른 교실로 흩어졌다. 내가 맡은 아이들은 여자 2명과 남자 8명이었는데, 그 나이 또래들이 흔히 그렇듯 남자 아이들은 자기네끼리 뭉쳐 머리를 잡아당기거나 하면서 여자 애들을 괴롭혔다. 그 바람에 내 말은 그들의 귀까지 전달되기도 전에 공기 중에서 사라져버렸다. 그런가 하면 '이 문제 풀어볼 사람?'이라는 말만 하면 모두 침묵해버려서 수업 분위기는 한마디로 엉망진창이었다. 2시간 30분 동안의 수업 후 나는 완전히 지쳐버렸다. 머릿속에 고민의 실타래를 한가득 넣은 채로.

"조나단Jonathan, 애들이 말을 너무 안 들어. 나를 투명 인간으로 생각하는 것 같아. 어쩌지?"

"네가 너무 어리버리해 보여서 그래. 좀 더 권위적인 목소리로 말하고, 네 말을 안 들으면 확실하게 혼도 내줘야지, 가만히 있으면 어떡해."

도대체 어떻게 해야 아이들과 친해질 수 있는지, 그리고 무엇보다도 어떻게 해야 의욕을 가지고 공부하게 할 수 있는지 고민이었다. 조나단의 조언은 이해할 수 있었지만, 나는 권위적인 선생님보다는 친구 같은 선생님이 되고 싶었다. 집에 돌아와서 한참 동안 생각해보았다. 내가 그 아이들이라면 선생님이 어떻게 행동했을 때 마음을 열 수 있을까? 답은 의외로 쉬웠다. 아이들 한 명 한 명에게 관심을 갖고 있다는 것을 표현하는 것.

관심을 보여주자는 결론을 얼른 행동으로 옮겼다. 미술 전공자였던 특기를 살려 흰 종이 위에 아이들의 모습을 캐릭터로 그렸다. 한 장의 종이 위에 각각 한 아이의 캐릭터를 그린 뒤 그 옆에는 이런 식의 멘트를 적었다.

"조셉 **Joseph** 은 참 멋진 미소를 가진 학생이다. 친구들과 이야기를 할 때 대화의 주도권을 잡고 있는 것을 보면 어휘력도 뛰어나고 리더십도 강하다. 논리적이고 결단력 있는 말투가 인상적인 조셉. 대수 **Algebra** 에 조금만 신경쓴다면 누구보다 뛰어난 실력을 가질 수 있을 것 같다."

다음 시간이 되어 설레는 마음으로 준비한 편지를 나눠주었다. 아이들은 처음엔 어리둥절한 듯 보였지만 이내 서로의 편지를 바꿔보기도 하고 그림을 보고 깔깔대기 시작했다.

"선생님은 수학 전공 아니었어요? 어떻게 이런 그림을 그릴 수 있죠?"

나는 아이들에게 원래는 미술 전공으로 웰슬리 대학에 입학했지만, 우연히 선형대수 **Linear Algebra** 를 듣고 수학이 너무 재미있어서 전공을 바꾸어 MIT로 편입하기까지의 이야기를 해주었다.

"수학이 어떻게 좋을 수가 있죠? 너무 어려워요. 이해도 잘 안 돼요."

아이들은 다양하지만 기본적으로 부정적인 반응을 보였다.

"수학은 참 신기하고 재밌어. 우리가 쓰는 언어들은 나라마다 각기 다르기 때문에 다른 나라에 가면 의사소통이 불가능하잖아? 하지만 1 더하기 1은 어느 곳에서도 2이고, 1 곱하기 1은 어느 곳에서도 1이야. 그렇기 때문에 어떻게 보면 수학은 장소를 불문하고 통하는 언어 같은 거야. 수학을 수학으로 보지 말고, 하나의 언어라고 생각하고 대하면 훨씬 가깝게 다가갈 수 있을 거야."

내 설명에 몇몇 아이들이 고개를 끄덕였다. 아이들은 나에게 그리고 수학이라는 학문에 마음 열기를 어려워했지만, 천천히 조금씩 달라지고 있었다. 수업에 임하는 아이들의 태도가 변하는 것을 느낀 나 역시 더 적극적으로 변하고 있었다.

우리는 가끔 팀을 나누어 게임 형식으로 문제풀기 대결을 했으며, 컴퓨터실로 몰려가서 컴퓨터를 이용한 학습도 자주 했다. 모르는 문제가 있을 땐, 이미 알고 있는 친구가 도와주게 함으로써 함께 공부하는 법도 터득하게 했다.

그러는 동안 아이들은 수학에 흥미를 갖기 시작했고, 시키지 않아도 스스로 더 어려운 문제들을 풀어보려고 노력했다. 내가 수학이 재미있어서 정신없이 문제를 풀어댔던 것처럼. 그 아이들에게 필요한 것은 관심과 칭찬이었다. 집에 돌아가도 알아줄 부모님이 없는 아이들에게 공부는 잘해봤자 별 볼일 없는 일이었던 것이다. 비록 일주일에 두세 번 정도의 수업이었지만, 그 짧은 시간 동안의 관심에도 아이들은 변화하고 있었다.

한 학기가 끝나고 나서 아이들은 나에게 "Dong Joo is the best!"라고 쓴 카드를 주었다. 별로 해준 것도 없는 내가 그 아이들 삶의 한 부분이 되었다는 사실이 신기하면서도 고마웠다. 나 역시 아이들에게 인정받을 수 있어 기뻤던 듯하다. 무엇보다 내가 느꼈던 수학의 즐거움을 전달할 수 있다는 사실이 나를 벅차게 했다.

시간을 건너뛰다

"동주 씨, MBA 합격 축하해요!"

최근에 내가 가장 많이 듣는 말 중 하나다. 하지만 사실 난 MBA가 아니라 PhD 과정에 합격한 것이다. 둘의 차이는 확연하다. MBA는 경영학 석사과정으로 2년 정도 걸리며, 학비와 모든 금액을 부담해야 한다. 하지만 내가 합격한 경영학 PhD는 박사 과정이고 전공에 따라 다르지만 학위를 받으려면 4~5년이 걸리며, 전액 장학금, 생활비, 건강보험비 등 모든 것이 지원된다.

보통은 석사를 마치고 난 뒤에야 박사 과정을 밟을 수 있기 때문에 어떻게 석사를 하지 않고 박사 과정으로 넘어갈 수 있었느냐고, 무슨 뒷거래가 있었던 게 아니냐고 묻는 이들도 있다. 하자만 그것은 미국의 교육 시스템을 잘 모르기 때문에 가질 수 있는 오해일 뿐이다.

미국에선 석사 학위가 없어도 박사 과정에 입학 원서를 넣을 수가 있다. 그렇다면 왜 석사를 먼저 하는 사람들이 많은가에 대한 질문이 따라온다. 그것은 바로 박사 과정 입학에서 가장 중요시 여기는 것들 중 하나가 강의 내용(어떤 강의를 들었는가)과 경력, 이력이기 때문이다. 아무래도 학부 때는 시간적으로 충분한 강의들을 섭렵하기가 어렵기 때문에 이를 보충하기 위해 석사를 하는 경우가 많다. 미국에서는 대학생이어도 어떤 수업이냐에 따라 교수님의 허락 하에 대학원 수업을 들을 수 있는 경우가 대부분이다. 예를 들면, 대학원 강의라 하더라도 그에 필요한 수학 강의, 물리학 강의들을 이미 통과했다면 대학원생들과 같은 강의를 들을 수 있다. 실제로 많은 학생들이 학부 때 대학원 강의를 듣고 있다.

나도 학부생의 신분이었지만 기본적인 학부 강의들을 모두 들은 후부터는 대학원 강의들을 많이 들어왔다. 원하는 목표가 있다면 그 프로그램에서 가장 필요한 대학원 강의를 미리 들어보는 것, 그리고 그 강의에서 A학점을 받는 것이 큰 도움이 된다.

미국에서도 학부생이 방학 중이나 학기 중에 인턴을 하는 것이 일반화되어 있다. 나 또한 웰슬리와 MIT에서 학부 시절 내내 지속적으로 교수님들 아래서 연구를 돕는 인턴이나 수업을 돕는 조교로 일을 해왔다. 어떤 인턴을 하느냐가 매우 중요한데, MBA가 꿈이라면 아무래도 회사에서 인턴 경험을 쌓는 것이 좋다. 하지만 나처럼 PhD 과정이 목표라면 학교에서 교수님들의 연구를 돕는 것을 추천하고 싶다. 앞으로 하고 싶은 분야에 이미 종사하고 있는 교수님들과 함께하는 시간은 사소한 것에서 큰 것까지 어느 한 부분도 버릴 것이 없기 때문이다. 그리고 교수님들에게 열심히 하는 똑똑한 학생이라는 신뢰를 얻으면 좋은 추천서를 받기도 쉬워지고, 그 추천서는 당연히 대학원 입학에 큰 영향력을 미친다. 게다가 교수님들끼리는 학교가 달라도 서로 친분이 있는 경우가 많으니 자신이 속한 학교 교수님 밑에서 열심히 일한다면, 내가 지망하는 다른 학교의 교수님이 나에 대해 좋은 이야기를 들을 확률도 무시할 수 없다. MBA를 하든 PhD를 하든 변하지 않는 사실은 열심히 하되, 전략적으로 해야 한다는 것이다.

수학+경제학=경영학?

사실 인턴을 시작하게 된 이유는 특별하지 않다. 강의실 밖에서 수업 외의 새로운 내용을 배워보고 싶은 것이 전부였다. 하지만 나의 첫 인턴십은 내 인생을 완전히 변화시켰다.

난 아직까지도 나의 어드바이저였던 마이클 노튼 Michael Norton 과의 첫 대화를 잊지 못한다. 당시 MIT 대학원생이었고 현재 하버드 경영대학원 교수인 그는 떨리는 마음으로 앉아 있던 내게 물었다.

"동주, 너는 초콜릿을 좋아하니?"

황당했지만 이런 것이 인턴십 면접의 함정일지도 모른다고 생각한 나는 대답에 신중을 기했다. 그런데 아무리 생각해도 좋아한다고 해야 할지 안 좋아한다고 해야 할지 결정을 할 수가 없었다. 어떤 대답이든 괜히 이상한 트집을 잡히는 것이 아닐까 하는 생각까지 들 무렵 결국 솔직하게 대답할 수밖에 없었다.

"네, 좋아합니다."

"그렇다면 너에게 내가 설문지 하나를 주면서 초콜릿 1개, 10개, 20개 중 얼마만큼의 초콜릿을 바라느냐고 물으면 넌 어떻게 대답할래?"

"설문지를 작성하는 대가로 말이죠?"

"그래."

"전 초콜릿을 좋아하니까 20개를 달라고 할 것 같은데요."

"빙고! 바로 그 대답이야. 넌 지금 비합리적인 대답을 내놓았어."

나는 무슨 소리인지 통 알아들을 수가 없었다.

"좋아하니까 더 달라고 요구하는 건데 그게 왜 잘못된 거죠?"

"잘 들어봐. 너는 초콜릿을 좋아해. 그렇다면 너에게 초콜릿 하나의 가치는 높겠지? 따라서 너는 '초콜릿을 하나만 줘도 설문지를 작성하겠다.'고 대답했어야 하는 거야. 왜냐하면 1개만 있어도 너는 이미 충분히 행복할 테니까 말이야."

"아! 그렇다면 반대로 초콜릿을 싫어하는 사람에게는 초콜릿 한 개가 가지는 가치가 현저히 떨어지므로 20개, 30개, 100개를 원한다고 해야 합리적인 대답이 되는 거군요?"

"그렇지. 하지만 사람들은 보통 정반대의 대답을 하지. 동주 너처럼 말이야. 초콜릿이 싫다고 대답한 사람들은 초콜릿을 한 개만 받고 설문지를 작성하고, 초콜릿이 좋다고 대답한 사람들은 많은 양의 초콜릿을 받고 설문지를 작성해. 이렇게 불합리한 사람들이 바로 소비자들이야. 그렇기 때문에 그들이 내리는 의사 결정은 합리적일 수 없는 것이고."

그의 설명을 듣는 동안 나는 심장이 쿵쿵 뛰는 것을 느꼈다. 당연한 것이라고 생각해왔던 단순한 일이, 사실은 크나큰 오류를 범하고 있다는 사실이 나의 호기심과 열의를 자극했다. 그리고 소비자들이 자주 저지르는 불합리한 의사 결정을 수학으로 풀어나갈 수 있다는 사실에도 놀랐다. 내가 지금까지 배운 수학을 경제학과 접목해 경영학이라는 또 다른 길로 나아갈 수 있었던 것이다! 마이크와의 인턴십에서 처음으로 소비자들의 경향에 대해 고심해볼 기회가 있었던 나는 시간이 지나 레오날드 리 **Leonard Lee** (역시 당시에는 MIT 대학원생이었고, 현재는 컬럼비아 대학의 교수로 재직하고 있다)와 일을 하며 다시 한번 같은 주제를 다루었는데, 이번에는 방향이 전혀 달랐다. 마트에 물건을 사러 온 손님들에게 쇼핑 카트나 장바구니를 억지로라도 들려주면 총 구입액의 평균이 올라간다는 사실은 정말 놀라웠다. 고작 장바구니 하나를 손에 쥐어주었을 뿐인데, 소비자들이 계획한 것보다 많은 지출을 하게 만들 수 있었던 것이다. 원하지 않는 것을 받았는데도 이를 적극적으로 활용한다는 면에서 '초콜릿 대답'과는 반대의 결과가 나온 것이다. 사람들의 심리는 단순하면서도 복잡하고 합리적인 듯 보여도 불합리적인 때가 많았다. 나는 그것을 공부하고 싶었다. 그래서 와튼 스쿨을 선택한 것이다. 미국에서뿐 아니라 전 세계에서 경영대학원 1위의 자리를 놓친 적이 없는 와튼 스쿨이야말로 내가 하고 싶은 공부를 마음껏 할 수 있는 곳이기 때문이다. 앞으로 와튼 스쿨을 통해 알게 되고 공부하게 될 흥미진진한 마케팅의 세계가 기대된다.

미래는 꿈꾸는 사람의 것

초등학교 때 나의 꿈은 남을 돕는 사람이 되는 것이었다. 그리고 9월에 대학원 입학을 앞두고 있는 지금도 나는 같은 꿈을 꾸고 있다. 웰슬리 대학과 MIT에서 들은 강의 내용은 나를 이전과 전혀 다른 사람으로 만들었다. 에콰도르의 아마존 밀림에 텍사코 Texaco Inc. 라는 미국 기름 회사가 원유 추출 후 뒤처리를 제대로 하지 않아 아직도 우리나라의 태안처럼 기름때로 고생하고 있다는 것, 미국의 무책임한 핵실험으로 인해 방사능에 노출된 비키니 Bikini 섬에 대한 이야기, 이런 숨겨진 사실들은 '나'라는 사람의 생각의 틀을 잡아가는 일에 한 부분을 차지했다. 대학에 가기 전에는 알지 못했던 역사적 사실들을 배우면서 세상에는 아직도 알려지지 않았지만 어려움을 겪고 있는 사람들이 매우 많다는 사실을 새삼 느꼈다. 역사 관련 강의와 전공 과목인 수학 강의 외에도 생물, 화학, 물리, 뇌공학, 심리학 등등의 강의는 나의 자아 찾기에 큰 바탕이 되었다. 강의를 통해 내가 몰랐던 사실들을 배웠고, 앞으로 어떤 일을 하고 싶은지, 어떤 방식으로 삶을 대해야 하는지에 대해 생각하게 했으니 말이다.

그래서 나는 사람이 이 세상에 태어난 이상, 죽기 전에 알아내야 할, 그리고 이루어내야 할 삶의 목적이 있다고 믿는다. 그리고 나만의 목적은 남을 돕는 일이라고 생각한다. 마치 오드리 헵번처럼, 테레사 수녀처럼 수많은 사람들에게 희망을 주고 살아가는 이유를 알려주는 일을 하고 싶다. 초등학교 때부터 지금까지 변하지 않는 나의 꿈은 내 이름으로 된 재단을 세워 어려움을 겪고 있는 학생들을 후원하고, 가능하다면 진정으로 교육에 뜻이 있는 선생님들과 공부에 열정적인 학생들을 위한 학교를 짓는 것이다. 되도록 많은 사람들의 삶에 좋은 영향을 주고 싶다는 생각 끝에 내린 결론이 바로 교육이었다. 교육은 우리의 인생을 바꿀 수 있는 힘이다. 아직은 말뿐이라는 사실이 굉장히 부끄럽지만, 아주 어린 시절부터 간직해온 꿈이니만큼 꼭 이루고 싶다.

와튼 경영대학원을 졸업하고 나면 마케팅 박사 학위도 따고 많은 배움을 얻은 상태일 것이니 그동안 배운 모든 지식을 이용하여 최대한 효율적인 방법으로 학교 운영과 장학금 제도 등을 운영할 수 있을 것이라 믿는다. 앞으로도 갈 길이 까마득하지만, 지금까지 해온 것처럼 꾸준히 그리고 신중하게 한 걸음씩 나아가다 보면 어느새 그 꿈에 도달해 있을 내 모습이 오늘도 나를 움직이게 한다.

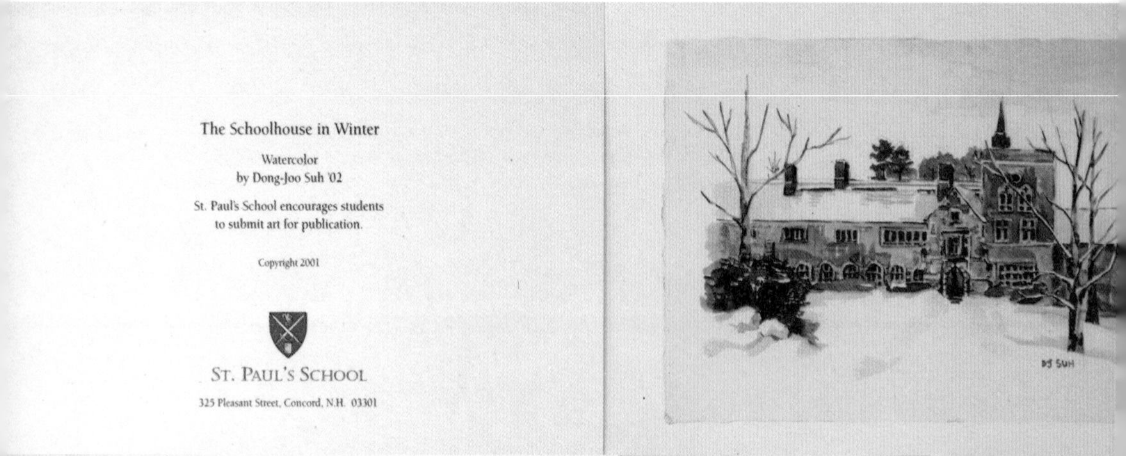

The Schoolhouse in Winter

Watercolor
by Dong-Joo Suh '02

St. Paul's School encourages students
to submit art for publication.

ST. PAUL'S SCHOOL

325 Pleasant Street, Concord, N.H. 03301

DA BA DEE

세인트 폴스 스쿨 St.Paul's School의
졸업전 홍보용 엽서에 쓰인 나의 그림.

"[H]e does not fulfill himself in his work but denies himself, has a feeling of misery rather than well-being, does not develop freely his mental and physical energies but is physically exhausted and mentally debased. The worker, therefore, feels himself at home only during his leisure time, whereas at work he feels homeless. His work is not voluntary but imposed, forced labour. It is not the satisfaction of a need, but only a means for satisfying other needs." – Karl Marx, The Economic and Philosophic Manuscripts

r for
ist
tion
PARIS
schatzi
SCAMPE

내가 살던 시드니 스트리트 Sidney Street 주변.

9613073
9603803

you don't have to prove anything
Leadership is replaced by a Love of sharp disipline.
some don't
Information Booth
independent contributions
single page per subject
writings
Solar System Stability
speculate

$\mathbb{P}\left(\forall f \in F_d \ \ldots\ldots + k\sqrt{\frac{u_{d,\delta}}{n}}\right) \geq 1 - e^{-u_{d,\delta}}$:

Union Bound

$\mathbb{P}\left(\forall d \geq 1 \ \forall \delta \in \Delta \ \forall f \in F_d \ \ldots\ldots + k\sqrt{\frac{u_{d,\delta}}{n}}\right.$

$$= 1 - e^{-u}\frac{6}{\pi^2}\sum_{\delta \in \Delta}\delta \cdot \sum_{d \geq 1}\frac{1}{d^2} = 1 - e^{-u} \cdot \frac{6}{\pi^2}$$

$u_{d,\delta} = u + \log\frac{\pi^2 d^2}{6\delta}$, $k\sqrt{\frac{u_{d,\delta}}{n}} = k\sqrt{\frac{u + \log\frac{\pi^2 d^2}{6\delta}}{n}}$

First term in the bound

: $k\sqrt{\frac{\alpha d \log\frac{n}{\delta}}{n}} \geq k\sqrt{\frac{\log\frac{\pi^2 d^2}{6\delta}}{n}}$

Increasing k : $k\sqrt{\frac{\alpha d \log n/\delta}{n}} + k\sqrt{\frac{(\log((\pi^2 d^2)/\ldots}{n}}$

Comments: $\tau = k\sqrt{\frac{\alpha d \log\frac{n}{\delta}}{n}} + k\sqrt{\frac{u}{n}}$; $\frac{\mathbb{E}\varphi_\delta - \ldots}{\sqrt{\mathbb{E}\varphi_\delta}}$

$$\mathbb{P}(yf(x) \leq 0) \leq \mathbb{E}\varphi_\delta(yf(x))$$

$\mathbb{E}\varphi_\delta - \tau\sqrt{\mathbb{E}\varphi_\delta} - \overline{\varphi_\delta} \leq 0 \leftrightarrow a^2 - \tau a - \overline{\varphi}$

$a = \ldots$

통계 이론 Statistical Learning Theory 노트.

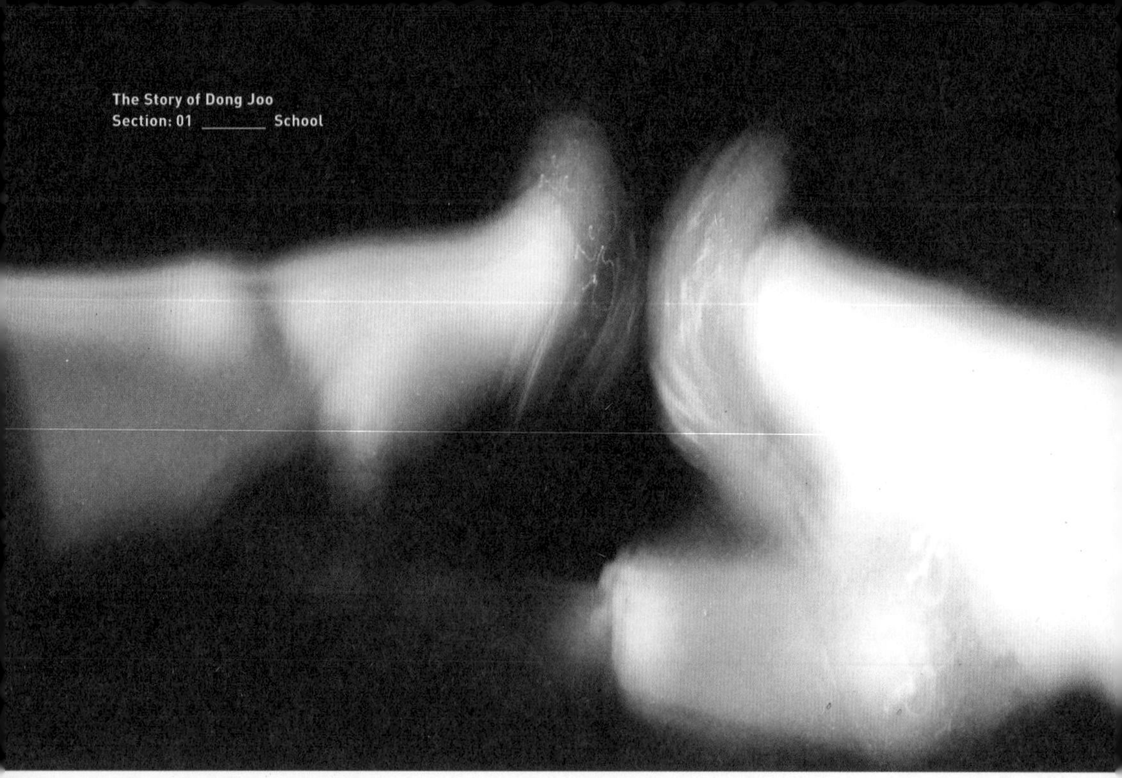

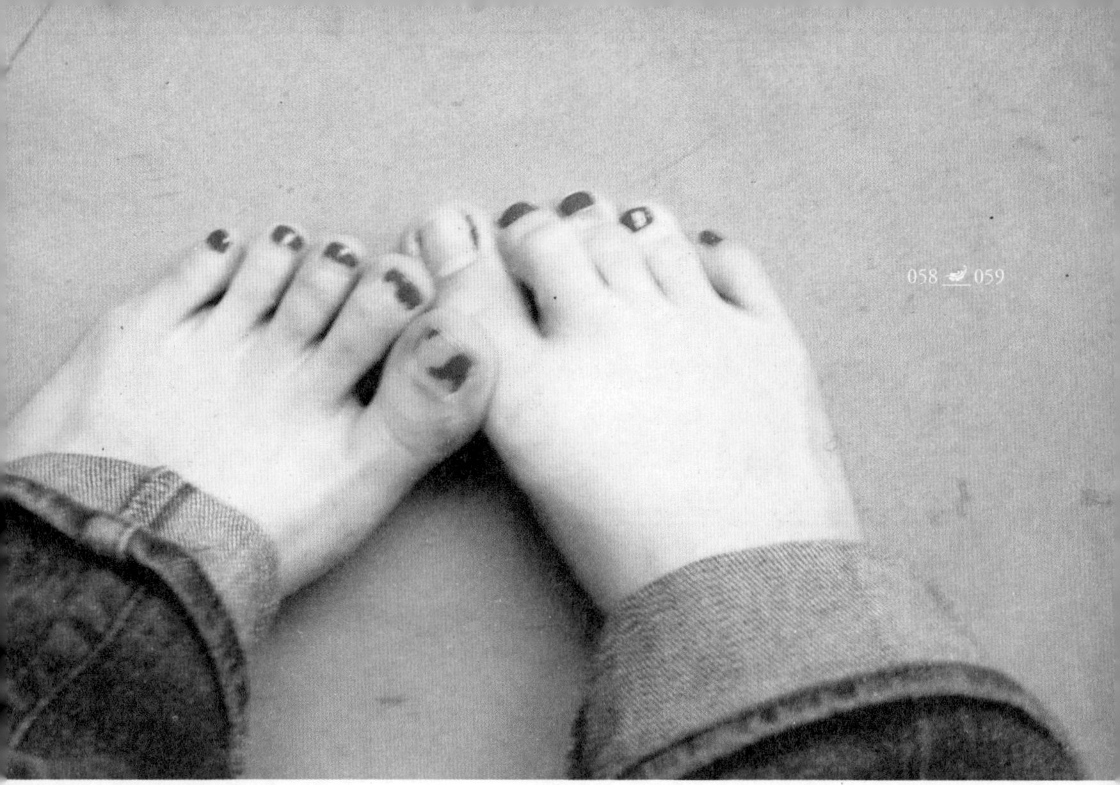

꼭 손으로만 박수를 치는 건 아니잖아.
발로도 충분히 할 수 있다고.
미친 듯이 기쁠 땐, 양발로 짝짝.

The Story of Dong Joo
Section: 01 ________ School

바사 앤 메인 스트리트 Vassar and Main Street :
매일같이 걸어다니던 MIT 가는 길.

헬로, 스튜던트! HELLO, STUDENT!

처음 미국에서 수업을 받게 되었을 때, 한국에서처럼 '선생님을 선생님이라고 불러야' 하는 줄로만 알았다. 그래서 궁금한 것이 있을 때마다, "Teacher, I have a question(선생님, 질문이 있어요)"이라고 말하며 손을 들었다. 선생님은 보일 듯 말 듯 당황스러운 표정을 지었지만 이내 "What is a question, student?(질문이 뭔가요, 학생?)" 하고 장난기 가득한 얼굴로 말씀하셨다.

미국에선 '선생님'이라고 부르지 않는다는 사실을 직접적으로 지적하는 대신, 장난스러운 행동을 통해 스스로 깨닫도록 해주었던 데일리 **Ms. Daily** 선생님. 스스로 깨닫는 공부, 그리고 삶에 대해 가르쳐주신 최초의 선생님으로 그분은 오랫동안 나의 기억에 남을 것 같다.

가나에서 온 내 친구 나(NAA)

나의 베스트 프렌드 나**Naa**. 그녀를 처음 만난 건 물리학 강의실에서였다. 워낙 물리 과목을 좋아하지 않던 터라 내가 과연 흥미를 느낄 수 있을까, 좋은 성적을 받을 수 있을까 내심 불안해하고 있었던 기억이 난다.

그런 나에게 하얀 이를 보이며 씨익 웃어주던 나**Naa**는 강의가 끝나자, '정말 지루하지 않았어?'라며 나에게 말을 걸어왔고, 그 뒤로는 수업이 끝나고 점심을 먹거나 숙제를 같이 하면서 이런저런 이야기를 나누는 일이 점점 많아졌다. 그리고 서로의 가족에 관한 이야기, 앞으로 하고 싶은 일들과 소소한 일상사를 공유하게 되었다.

나**Naa**는 가나에서 태어났다. 위로 언니가 4명 있는 나**Naa**의 가정 형편은 그리 좋은 편이 아니었고, 시골에 살았기 때문에 이웃의 딸들은 나이가 차면 팔려가듯 결혼을 해서 아이를 낳는 것이 보통이라고 했다. 하지만 독서를 즐기는 아버지 곁에서 책 읽기의 즐거움을 배우며 자란 그녀는 공부에 대한 욕심이 남달랐다. 가난했지만 그녀의 집안이 좋은 집안이라는 소문이 나면서 선도 자주 들어오던 터라, 괜찮은 남자와 결혼해서 아이 낳고 살림하며 아무 걱정 없이 살 수도 있었다. 그럼에도 그녀는 낯선 미국 땅의 MIT 경제학과에 덜컥 원서를 냈다. 주변에서는 그녀의 도전을 비웃었다. 미국의, 그것도 최고로 좋은 MIT라는 곳에서 왜 가나에 사는 별 볼일 없는 그녀를 뽑겠냐며 수근거렸다고 했다. 하지만 다음 해 봄, 그녀는 당당히 합격통지서를 받았다.

그렇게 그녀는 미국으로 왔고, MIT에서 겪는 거의 대부분의 일들이 그녀에게는 새로운 일이었다. 그녀 인생의 첫 중국 요리, 첫 파스타, 첫 카푸치노를 모두 미국에서 경험했고, 나와 함께했다. 강의도 마찬가지였지만, 마냥 신기하고 즐겁지만은 않았다. 가나에서는 심도 있게 배우지 못했던 터라 전혀 새로운 내용으로 가득 찬 강의를 따라잡는 일도 나**Naa** 에겐 벅찰 때가 많았기 때문이다. 그럴 때마다 나**Naa** 는 적극적으로 친구들에게 다가가 모르는 내용을 물어보고 알아듣지 못했을 때는 상대방이 귀찮아할 때까지 같은 질문을 몇 번이고 되풀이해서 확실하게 알고 넘어갔다.

교수님들께도 이메일로 연락을 하거나 정해진 오피스 아워(**Office Hour** 교수들이 학생을 도와주는 시간)에 찾아가 교수님을 붙잡고 도움을 받았다. 한국식 교육에서 벗어나지 못해, 교수님이나 친구들에게 도움 받는 걸 어려워하던 나와는 달리 자신감 있게 자신의 부족한 점을 인정하고 어떻게 해서든 발전하려고 노력하는 나**Naa** 를 보며 나의 대학 생활도 조금씩 달라졌다. 한편으로 학비 때문에 학기 중간에 갑자기 학교를 쉬기도 했고, 방학마다 힘들게 일하면서도 밤을 새워가며 열심히 공부하는 그녀의 모습은 내게 아프도록 치명적인 자극이었다. 동갑내기 친구지만, 나**Naa** 의 삶과 삶에 대한 그녀의 진지하고 열정적인 태도는 내 가치관마저 바꾸어놓았다. 아주 긍정적인 방향으로!

어떤 여자에 관한 슬픈 기억

베트남 친구 H는 참 예뻤다. 가녀린 몸매에 커다란 눈, 검고 긴 생머리까지 한눈에도 인기가 많아 보였다. H에게는 일본인 남자 친구 K가 있었다. 매일

패션쇼 하듯 비싼 브랜드의 옷을 갈아입고 오던 K는 이상하게도 강의실에 들어오면 H를 모르는 사람인 듯 대했다. 이유가 궁금했지만 아무래도 둘 사이의 문제라 물어볼 수는 없었다.

그러던 어느 날, H가 강의를 들으러 오지 않았다. 수업에 절대 빠지는 일이 없는 H라 걱정이 되어 쉬는 시간에 K에게 물어보았지만, '내가 그걸 어떻게 알아?'라는 무심한 반응뿐이었다. 사귀는 사이면서 그것도 모르느냐고 하자, K는 어깨를 으쓱하더니 더 이상 대꾸하지 않았다. 강의가 끝나고 H에게 전화해 무슨 일이 있냐고 하자 그냥 감기 기운이 있어 학교 병원에서 쉬고 있다고 했다. 순간 의심이 든 나는 무작정 H를 찾아갔다. 그녀는 정말로 학교 병원에 마련된 입원실에서 쉬고 있었다. 하지만 얼굴을 보니 감기 기운 때문이 아닌 것 같아 속일 생각 말고 사실대로 말해보라고 여러 번 다그치자 그녀가 결국 실토했다.

"사실은 K가 나더러 뚱뚱하고 엉덩이가 처졌다고 해서, 다이어트하느라 계속 밥을 굶었어. 그러다가 오늘 아침 강의실 가는 길에 쓰러졌어."

나는 할 말을 잃었다. 45킬로그램밖에 안 나가는 H에게 살쪘다고 말한 이 나쁜 놈은 여자 친구가 쓰러지기까지 했는데, 그걸 알면서도 강의를 챙겨 들으러 온 것이었다. 그 후로는 K가 곱게 보이지 않았다. 혹시나 H에게 또 헛소리하는 게 아닌가 싶어 둘의 눈치를 살폈지만, 연인 관계에는 제3자가 관여하는 게 아니라는 생각에 함부로 끼어들 수도 없었다. 그렇게 한 달 정도 별문제 없이 흘러가서 나도 더 이상 H에 대해 걱정을 하지 않았다. H가 다시 한번 강의를 빠지기 전까지는. 이번엔 아예 전화도 받지 않았고, 그녀는 그런 식으로 아무런 연락도 없이 무려 네 번이나 연달아 결석을 했다.

그녀가 네 번째로 강의를 빠지던 날 밤, 집에서 과제를 하고 있는데 전화벨이 울렸다. H의 이름이 떠 있는 액정 화면이 너무 반가워서 얼른 전화를 받았다. 어딘지 모르게 힘없는 듯한 H의 목소리. 지금 우리 집에 가도 되겠느냐고 물었다. 30분 뒤 고개를 푹 숙인 채 나타난 H는 부쩍 말라 있었다. 아무래도 K가 또 다이어트를 하라고 말한 모양이었다.

"도대체 얼마나 굶은 거야? 응?"

걱정으로 가득 찬 내 목소리에 H는 한동안 말없이 울기만 했다. 손으로 컵을 꼭 감싸 쥐고 앉아 있던 H는 슬로 모션 화면처럼 천천히 입을 열었다.

"일주일 정도 굶은 거 같아. 너무 힘들어."

"H, 나 착한 사람 아닌 것 알지? 네가 뚱뚱하면 뚱뚱하다고 솔직하게 말하고도 남을 사람인 거 알지? 그런 내가 정말 진심으로 말하는데, 너 지금 너무 말랐어. 뼈다귀야. 그러니까 제발 정신 차리고 뭐 좀 먹자. 일단 먹고, 내일 아침에 병원에 데려다 줄게."

그래도 끝까지 절대 안 먹겠다는 H였지만, 그녀가 그러든 말든 나는 죽을 끓이기 시작했다. H는 자기에게 뭘 먹이려고 하면 그냥 가겠다고 화를 냈다.

"야, 화내지 마. 나 요리 정말 못하고 귀찮아하고 싫어하는 것 알지? 그런데 지금 내가 죽을 끓이고 있잖아. 우리 엄마 아빠가 이 이야기 들으면 거짓말하지 말라고 하실 거야. 그러니까 내 성의를 봐서라도 그냥 먹자, 제발."

발까지 굴러가며 안 먹겠다고 버티던 H는 결국 한 그릇을 다 먹었다. 혈색이 돌기 시작한 H의 얼굴을 보니 안심이 되었다.

"자, 이제 무슨 일인지 말해 봐."

"동주야, 사실은 나…, K한테 맞았어."

나는 오토매틱으로 자리를 박차고 일어났을 정도로 광분하고 놀랐지만, H를 생각해서 겨우 마음을 추슬러가며 포커페이스를 유지하려고 애썼다.

"그… 그래? 오늘?"

"응, 오늘. 그리고 어제도. 그전에도 가끔씩."

"어딜…?"

"처음엔 주먹으로 배를 치는데, 넘어지면 발로 차니까 그냥 아무 데나 다."

그녀의 폭탄 발언은 나를 얼음처럼 굳게 만들었다. H는, K를 너무 사랑하기 때문에 떠날 수가 없다고 했다. 그리고 K도 그렇게 폭력을 휘두르고 나면 나중엔 미안하다고 울며 사과하는 건 물론이고 명품 가방까지 사준다고 했다. K가 때리는 건 싫지만, 그도 자기를 사랑하고 있으니 이해해주고 싶다는 말을 하는 H에게 내가 어떤 반응을 보여야 했을까.

"네 심정을 다 이해할 순 없지만, 굉장히 속상할 거라는 건 알 수 있어. 하지만 아무리 사귀는 사이라도, 아니 어떤 사이라도 폭력은 나쁜 거야. 일단 오늘 밤은 여기서 자고, 내일 아침에 병원에 가서 몸 상태도 체크하고 K에 관한 일도 알리는 게 좋겠어."

긴 시간에 걸친 나의 설득에 H도 그렇게 하겠다고 했다. 언제부터인가 K의 집에 머물던 H는 강의에 필요한 과제를 비롯한 다른 물건들을 전부 K네 집에 두고 왔다며 걱정하기 시작했다. 그러다 자기 물건들을 챙겨오는 게 좋겠다며 일어섰다. 그녀를 K와 마주치게 하면 안 될 것 같아서 극구 말렸지만, K는 잘 테고 자기는 짐만 챙겨오면 되니 금방 갔다 오겠다고 우겼다. 결국 최대한 빨리 오겠다는 약속을 받은 뒤 H를 보냈지만, 마음이 불편했다.

금세 오겠다던 H는 1시간이 지나도록 연락이 없었다. 기다리다 지친 나는 H에게 전화를 걸었다. H는 미안하다는 말도 없이 아무래도 그냥 K의 집에서 자는 게 낫겠다는 말만 했다. 황당하기도 하고, 화가 나기도 해서 '그러면 지금 당장 학교 경찰을 불러서 K를 상습 폭력범으로 끌고 가겠다'고 하자 H가 엉엉 울기 시작했다. K가 앞으로 다시는 안 그러겠다고 약속도 했으니 마지막으로 한 번만 믿어주고 싶다는 것이었다. 내가 학교 경찰에게 말하면 죽어버릴 거라며 협박까지 하는 바람에, 가뜩이나 제정신이 아닌 H가 정말로 자살이라도 할 것 같아 나는 아무것도 할 수가 없었다.

"알았어. 대신 무슨 일이 있으면 바로 전화하고 아무 때나 와야 해, 알았지?"

그녀에게서 알았다는 다짐을 여러 번 받아낸 뒤에 전화를 끊었지만 불편한 마음은 쉽게 나아지지 않았다. 강의 때 만나면 강의가 끝나고 이야기라도 해볼까 싶었지만, 그날 이후로 H는 나를 피하는 것 같았다. 공부든 사람이든, 한번 빠지면 집요하게 파고드는 성격을 가진 나는, H가 티 나게 나를 피하고 있음에도 그녀를 포기하기가 힘들었다. 결국 어느 날, 나를 피해 재빨리 강의실을 빠져나가는 H의 팔목을 낚아챘다.

"너 도대체 어떻게 할 거니? 난 너의 친구이고, 친구인 이상 네가 이런 식으로 지내는 걸 보고 있을 수 없어."

나는 계속 설득했지만 H는 끝까지 입을 열지 않았고, 손을 뿌리치고 가버렸다. 그 후 H와 마주치는 일도 드물었고, 더 이상 관여하는 것은 H의 의견을 존중하지 않는 일 같아, 나는 그녀가 원하는 대로 가까이 다가가지 않았다.

그런데 1년 후, H에게서 전화가 왔다.

"동주야, 정말 미안했어. 나도 벗어나고 싶었는데, 그게 마음처럼 쉽지 않았어. 그래서 이제 겨우 빠져나올 수 있었고, 바로 생각난 사람이 너였어. 끝까지 날 도와줘서 고마워."

전화해준 그녀가 고마웠다. 한편으로 자신의 삶을 살 수 있을 테니 다행이라는 생각도 들었지만 H만 생각하면 여전히 마음 한구석이 아릿하다.

노력을 해야 결과를 얻겠죠!

언제부터인가 나에게 조언을 구하는 사람들이 늘어나기 시작했다. 특히 교회를 통해 내게 연락하는 어른들이 많아서, 그분들의 자녀들과 이메일을 주고받게 되었다. 그렇게 알게 된 E는 당시 SAT를 준비하고 있었다. 대학 입학원서 준비에 대해 어드바이스를 구하는 내용의 이메일이 몇 차례 오갔고 어느 정도 가까운 사이로 발전하게 되었다. 어느 날 SAT 시험을 치른 그녀는 시험 점수를 받고 나서 내게 이메일을 보내왔다.

"동주 언니, 생각보다 시험 점수가 낮아서 너무 슬퍼요. 아마도 하나님께서 자만하지 말고 더 열심히 하라고 일부러 그러신 것 같아요. 아직 한 번의 기회가 더 있으니까 지금처럼 열심히 하려고요. 다음 시험 땐 하나님께서 저에게 좋은 점수를 허락해주셨으면 좋겠어요. 언니도 기도해주세요."

솔직히 난 그녀의 이메일을 읽고 화가 났다. 비슷한 태도를 가진 학생들을 전에도 본 일이 있다. 안 좋은 결과가 있으면 그것을 자신의 불찰로 인정하는 대신, 주님의 뜻이라고 한다거나 다른 누군가에게 책임 전가를 한 뒤 자기 합리화를 시키는 학생들 말이다. 난 그녀가 기분이 상할지도 모른다고 생각했지만, 솔직한 마음으로 답장을 썼다.

"E야, 시험 성적이 생각보다 낮았다니 걱정돼. 아직 한 번 더 기회가 남아 있으니까 그때까지 다시 준비를 잘하면 될 거야. 그런데 한 가지 마음에 걸리는 건 하나님께서 더 열심히 하라는 뜻에서 이번 시험을 망치게 했다고 믿는 너의 생각이야. 하나님은 아마도 너에게 좋은 결과를 주시길 원하셨지만, 너의 노력이 부족해서 주지 못하신 게 아니었을까? 물론 열심히 했겠지만, 죽을 만큼 최선을 다했다고 정말 자부할 수 있어? 네가 이 상황에 대해 다시 한번 생각해봤으면 좋겠어."

내 이메일을 받고 정말로 기분이 나빴는지, 그녀는 한동안 연락이 없었다. 나는 내가 실수를 한 게 아닌가 하는 생각도 들었지만, 누군가는 E에게 쓴 소리를 해주는 사람이 있어야 한다고 느꼈고 그게 나였을 뿐이라는 결론에 도달했다.

연락이 끊긴 채 1년여의 시간이 흘렀다. 대학은 잘 갔는지, 무엇을 하고 지내는지 때때로 궁금했지만, 마음을 닫은 그녀에게 먼저 다가갈 용기가 나에겐 없었던 것 같다. 그러다가 내가 와튼 스쿨에 합격했다는 기사가 난 후, 많은 축하 메시지 속에서 E의 이메일을 찾을 수 있었다.

"언니 축하드려요. 이메일을 나누던 그때 당시에 언니가 해줬던 말들의 의미를 이제는 알겠어요."

E는 나의 직설적인 말에 기분은 별로였지만 많은 자극을 받았다고 했다. 스스로 노력하지 않으면 아무리 열심히 기도를 해도, 그리고 아무리 주변 환경이 밑받침되어도 원하는 결과를 얻을 수 없다는 것을 배웠다고 했다. 비록 목표했던 대학엔 합격하지 못했지만, 꿈을 포기하지 않고 끝까지 도전해보겠다던 E. 그녀의 도전이 좋은 결과를 낳을 수 있기를 빈다.

한번은 같이 물리학 강의를 듣는 리사 Lisa 와 나 Naa , 스테파니 Stephanie 를 집으로 초대해 함께 밥을 먹은 적이 있다. 여자 넷이 모여 수다를 떨다 보니 시간이 조금 늦어졌는데 어디선가 전화벨 소리가 울리기 시작했다. 얼굴이 사색이 된 리사가 가방을 뒤적거리더니 고물 무전기만큼이나 큰 전화기를 꺼내는 것이었다.

"그게 뭐야?"

"전화기."

"아니, 뭐가 그렇게 커?"

아이들은 황당해서 막 웃기 시작했는데 리사만 심각했다.

"내 방에 있는 무선 전화야. 쉿! 엄마니까 좀 조용히 해봐."

우리는 웃음이 터져나오는 입을 막았고, 리사는 전화를 받았다.

"여보세요. 네, 엄마. 방이지 그럼 어디겠어. 공부 중이야. 알았어. 잘할게. 끊어."

전화를 끊은 뒤, 나는 너무나 신기해서 리사에게 물었다.

"방 전화를 항상 들고 다녀?"

"응. 엄마가 내가 방에 있나 없나를 항상 체크하니까 아예 들고 다녀. 무선이라 가까운 곳에서는 통화가 되더라고."

"그냥 친구들하고 밥 먹고 있다고 하면 안 돼?"

"응. 엄마는 엄청 보수적이라 내가 공부하고 있지 않으면 무섭게 혼내셔."

"와, 장난 아니다."

"이번에도 시험에서 1등 못하면 알아서 하라고 난리였어."

"엄마가 너한테 엄청 집착하나 보다."

"너네 엄만 안 그래?"

"응. 우리 엄만 공부하란 소릴 중학교 이후로 한 적이 없는데?"

"좋겠다."

전화를 끊고 급격하게 풀이 죽은 리사의 표정에 왠지 미안해졌다.

친구들이 돌아간 뒤에도 한참이나 생각에 잠겼다. 1분 1초의 틈도 주지 않고 자신의 아이를 괴롭히는 리사의 엄마가 이상했다. 리사를 낳았다는 이유 하나만으로 그녀의 인생을 좌지우지할 수 있다고 생각하는 그 생각에 열이 받았다. 자신이 어릴 적 이루지 못한 꿈을 자신의 아이를 통해 이루려는 부모들은 흔하다. 우리 엄마도 내가 어렸을 땐 나를 통해 엄마의 꿈을 이루려고 했다. 그래서 내가 훌륭한 피아니스트가 되길 바랐고 내가 엄마의 기대에 미치지 못하면 견디지 못하셨다. 지금은 전혀 그렇지 않지만.

안타깝지만 이런 부모와 학생은 여전히 많다. 하지만 부모님들만의 잘못은 아니다. 자식의 처지이긴 하지만, 자신이 무엇을 하고 싶은지 진정으로 바라는 것이 무엇인지를 부모님께 제대로 설명드리고 설득할 수 있는 용기를 갖는 것도 중요하다. 그래야 보이지 않는 감옥 속에 갇힌 리사처럼 되지 않을 테니.

세상에! 비키가 나를 저주하다니!

비키 **Vicky** 는 이른바 '왕따'였다. 그녀는 머리를 잘 감지 않았고, 자신을 뱀파이어라고 생각했다. 그녀의 머리에 이가 생기는 바람에 함께 살았던 중학교 3학년생들의 기숙사에 있는 여학생들은 모두 양호실에 내려가 머리 검사를 받아야 했다. 그나마 컨트롤될 정도의 양이었던 아이들은 치료를 받고 나올 수 있었지만, 비키를 비롯한 몇 명은 머리를 짧게 잘라야만 했다. 그 일로 아이들은 모두 그녀에게 화가 나 있었다.

머릿니를 온 기숙사에 옮긴 장본인임에도 여전히 그녀는 샤워를 하지 않고 버텼다. 화가 머리끝까지 난 아이들이 기숙사장에게 이 사실을 말했고, 기숙사장은 비키에게 샤워를 하라고 했다. 고집쟁이 비키는 그런 모욕적인 말을 듣고도 샤워를 하지 않았다. 결국 3명의 선생님들이 혼신을 다해 버티는 비키를 샤워실로 데려갔다. 그리고 그녀가 샤워를 할 때까지 샤워 커튼 앞에서 서 있겠다고 선포하고 비키를 샤워실로 밀어 넣었다. 약 4분 후, 비키는 그야말로 '얍삽하게' 앞머리만 물에 적신 후 타월을 두르고 나왔다. 선생님들은 더 이상 참을 수 없었고, 물을 틀어 손수 샤워를 시키기 시작했다. 비키는 "놔! 날 놓으란 말이야!" 하고 미친 듯이 소리쳤지만, 결국 20분 만에 눈부시게 깨끗해진 모습으로 샤워실을 나왔다.

그날 이후 아이들은 모두 비키를 피했는데, 난 그녀의 바로 옆방이라 매일 봐야 했기에 아는 체를 하고 지내야 했다. 가끔 복도에 서서 이야기를 나누어보니 그렇게 이상한 아이는 아닌 것 같았다. 나라도 비키에게 친절하게 대해주어야겠다고 마음먹고 그녀와 친하게 지냈다.

그러던 어느 날 밤, 갑자기 잠이 드는 일이 너무나 힘들게 느껴졌다. 온몸이 가위에 눌린 듯 무거웠는데 극심한 운동 탓이려니 하고 겨우겨우 잠을 청했다.

그런데 다음 날 밤도, 그다음 날 밤도 몸이 무엇인가에 눌린 기분이 들었다. 4일째 되던 날 밤에 방 밖이 소란스러웠다. 무슨 일인가 싶어 겨우 몸을 일으켜 나가보니 선생님께서 비키에게 뭐라고 하는 것 같았다. 다른 아이들과 함께 열린 문틈으로 방 안에서 무슨 이야기를 하고 있나 들어보았다. 비키가 이상한 종교에 빠져 밤마다 주문을 외운 모양이었는데 방 안에 양파와 마늘을 잔뜩 걸어놓고 특정 인물을 저주하고 있었던 것이다. 게다가 더욱 황당한 것은 그 특정 인물이 바로 나였다! 자신의 유일한 친구인 나를 저주하다니. 나는 너무 충격을 받아 한동안 우울한 기분을 떨칠 수가 없었다. 나중에 들은 이야기로는 비키가 4일 밤째 나를 저주하고 있었다는데, 기분 탓인지는 몰라도 내가 잠 못 든 이유가 그녀 때문인가 싶어 섬뜩한 기분이 들었다. 지금은 웃으며 이야기할 수 있을 정도의 해프닝으로 기억하고 있지만 당시에는 어린 나이에 얼마나 충격이었는지. 아직도 비키가 나를 저주한 이유를 알 수가 없다.

처음으로 게이 문화를 접하다

웰슬리 대학 같은 여대에는 레즈비언들이 많다. 웰슬리가 덜한 편이라고는 하는데, 그래도 내가 평생 어딜 가도 못 볼 만큼의 레즈비언이 있었다. 웰슬리에서 사진 강의를 함께 들은 친구 하나는 '동주 너는 여자들이 좋아할 타입이야. 우린 터프하고 털털한 여자를 선호하거든.'이라고 말했다. 그때는 기분이 이상했는데, 나중에 남녀 공학인 MIT에서도 그런 이야기는 많이 들어 이젠 익숙할 정도다. 지금은 이렇게 게이 문화에 익숙하지만 나에게도 '처음'이 있었다.

웰슬리에는 입학 후 1년 동안은 룸메이트와 함께 살아야 한다는 룰이 있기 때문에 혼자 지내는 것을 좋아하는 나에게도 룸메이트가 있었다. 아무래도 룸메이트가 학교에서의 첫 친구이기 때문에 기대도 컸고 잘해보려는 마음에 조심스러웠다. 처음 입학했을 당시 나는 공부 외의 것들에 관심을 많이 가졌는데, 착실한 룸메이트는 나와는 반대로 늘 밤새워 공부했다. 그런 모습이 참 좋아 보여 친하게 지내고 싶었음에도, 그녀와 나 사이에는 두터운 장벽이 놓여 있었다.

첫 번째 장벽은 그녀가 늘 텔레비전의 볼륨을 10으로 해놓는 것이었다. 그녀는 무엇을 듣고 보던 간에 볼륨을 있는 대로 크게 해놓는 버릇이 있는데, 내가 줄여달라고 아무리 부탁을 해도 5분만 지나면 도로 볼륨 업이 되어 있곤 했다. 가장 황당했던 일은, 내가 방에 먼저 들어와 공부를 하며 음악을 듣고 있던 날에 일어났다. 방으로 돌아온 그녀가 인사도 없이, 아무런 말도 없이 내 음악을 꺼버리더니 자신의 텔레비전을 트는 것이었다.

둘째, 그녀는 내가 옷을 갈아입을 때마다 내 몸을 뚫어지게 쳐다봤다. 옷을 갈아입다가 누군가의 시선을 느껴 돌아보면 늘 그녀가 날 쳐다보고 있었다.

"뭘 보는 거야?"

"아, 아냐…."

이런 식의 대화가 10번 이상 오갔을 때 슬슬 짜증이 났다.

셋째, 그녀는 내가 잠을 잘 때 내 얼굴을 뚫어져라 쳐다봤다.

우리는 2층 침대를 썼는데, 그녀가 위, 내가 아래였다. '굿 나잇'을 외친 뒤 잠을 자다 뭔가 이상해서 눈을 떠보면 공중에 긴 머리를 한 귀신의 목이 보이는 것이다. '으악!' 소리를 지르며 벌떡 일어나면, 귀신의 정체는 윗침대에서 고개를 빼서 잠자는 나를 쳐다보는 그녀였다.

"뭐 하는 거야, 지금?"

"그냥 너 자는 거 본건데?"

"뭐? 놀랐잖아. 그러지 마, 무서워."

이런 식의 대화도 여러 번 반복되었다. 이 외에도 그녀와 나 사이엔 크고 작은 사건들이 이어졌고 나는 결국 그녀를 투명 인간처럼 대하는 것이 최선이라는 결론을 내렸다. 대화로 풀어보려고 해도 아무런 이유도 없이 울어버리거나 텔레비전 볼륨을 크게 하는 바람에 대화가 되지 않았기 때문이다. 그녀가 내게 투명 인간이 된 지 일주일이 되는 날 밤, 그녀는 밤새도록 엉엉 울어댔다. 다음 날 학교에서 돌아와보니 그녀는 다른 방으로 짐을 챙겨 나간 뒤였고 방은 휑했다. 그녀가 쓰던 반쪽의 방이 텅 빈 것을 보니 기분이 착잡했지만 어쩔 수 없는 일이라고 생각했다. 그녀를 설득해 도로 룸메이트가 되어도 우리 사이의 벽이 얇아지지는 않았을 테니.

그때는 몰랐지만 시간이 흐르고 나니 그녀가 나를 좋아했던 것이 아닐까 싶기도 하다. 서툴게 표현하다 내가 알아주지 않자 텔레비전 볼륨으로 소심한 복수를 했던 것 같은데, 사실 나는 다른 여성이 나를 좋아할 수 있다는 사실 자체를 잘 인지하지 못하고 있던 터였다. 어쨌든 지금 돌아보면 그것이 내가 게이 문화를 처음으로 접한 사건이 아니었나 싶다.

한 학생이 물었다.
"놀 땐 놀고 공부할 땐 공부하면 되는 거 아닌가요? 난 그런 사람이 멋있어 보이더라." 내가 대답했다.
"놀 땐 놀고 공부할 땐 공부한다면 반에서 1등은 할 수 있을지 몰라도 세계 최고는 될 수 없어요. 최고가 되려면 놀 때도 공부, 공부할 때도 공부해야 하는 거 같아요."
언제나 열심히 공부하는 내 친구 나 Naa .

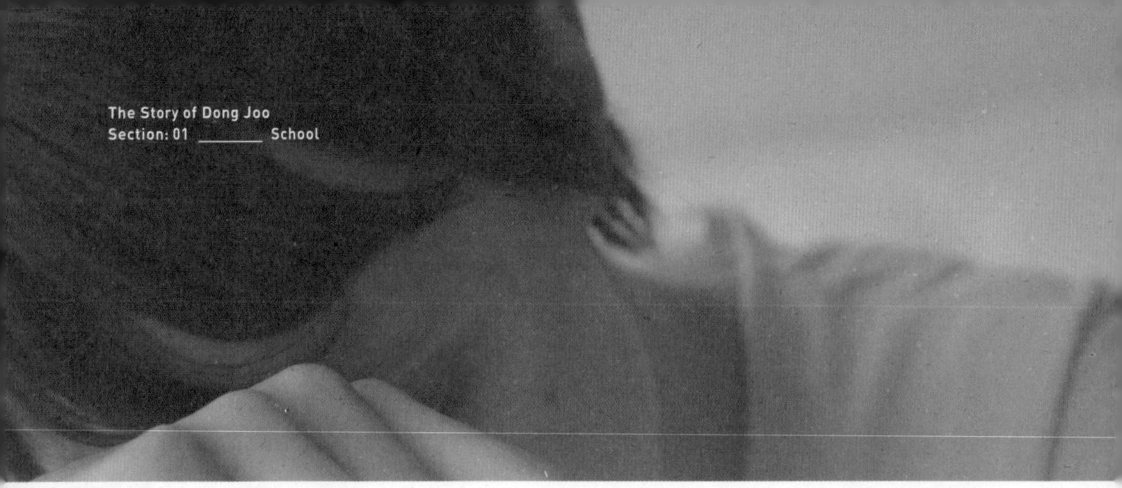

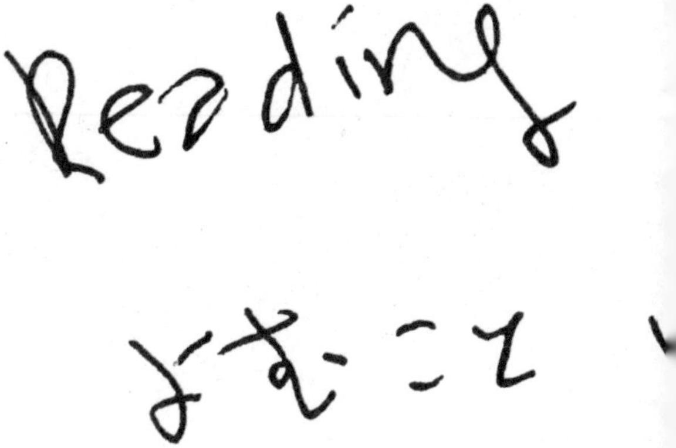

일기를 열심히 썼다.
시간이 지난 뒤 다시 읽어보면, 도대체 뭐라고 썼는지 알아 볼 수가 없다.
슬펐던 일, 화가 났던 일 투성이인 일기장. 차라리 알아보지 못하는 편이 나을 것 같다. 악필이라서 다행이다.

feeling

かんじること

Turning 25, I retrospect my past.
I wonder if I've courageously been following the road not taken.
I could disclose what really breathes beneath this superficiality,
But then again, I am a mere coward.
Scared to let people coerce me into doing what I abhor,
I wrap my naked legs with both arms and bury my head in between.
My ears are pressed hard against my own knees but I refuse to relax,
As if not looking could mean nonexistence,
As if not listening could mean nonexistence.

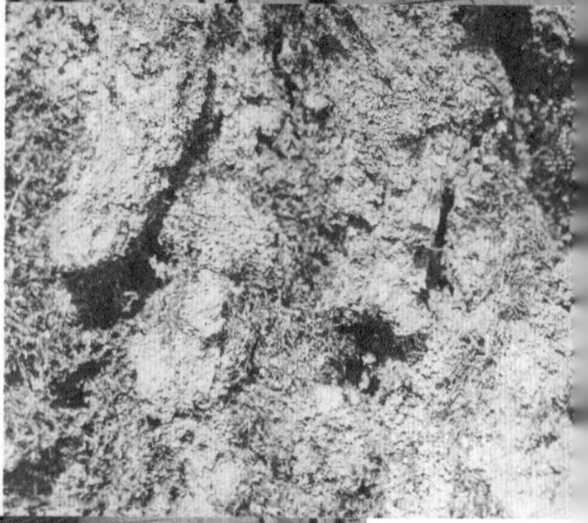

보스턴과 웰슬리의 다운타운
Downtown Boston and Wellesley

NEW
PINE TREE

3825

TRINITY CHURCH
IN THE CITY OF BOSTON
NO SMOKING ALLOWED
THANK YOU
NO PARKING AT ANY TIME
THANK YOU

e Story of Dong Joo
ction: 01 ________ School

이 사진의 이상한 점?
신발들에 그림자가 없다.
당연히 있어야 할 것이 없는데도 난 가끔 그 사실을 놓치고 만다.
그리고 깨달았을 땐 이미 늦다.

남들과 같은 물건, 같은 사람, 같은 풍경을 바라보아도
프레임을 통해 나만의 시선을 담아낼 수 있다.
사진 속 모든 사물에는 나의 생각, 나의 마음 그리고 나의
사랑이 담겨 있다.

Film Strips : Walking Around Boston

12
12A
13
14
17
KODAK 400TX
18
19
17
17A
18
19
22
KODAK 400TX
23
KODAK
24
22
22A
23
24
27
KODAK 400TX
28
KODAK 400TX

Part.

Ar

난 내 감정을 말로 표현하는 것에 서툴다. 정작 좋아하는 마음을 고백한다거나 미안하다고 사과하는 일엔 자신이 없다. 슬프거나 화가 날 때, 하다못해 기쁠 때도 난 무슨 말을 해야 할지 모를 때가 많다. 그런 내게 내 감정을 표현할 수 있는 유일한 비상구가 있다면 그건 바로 그림 그리기일 것이다. 정신 건강이 허약한 사람들에게 쓰이는 심리 치료 중에 그림을 통한 미술 치료가 있다. 어쩌면 그림 그리기는 내가 내 자신에게 내리는 처방전 같은 것이 아닐까.

02

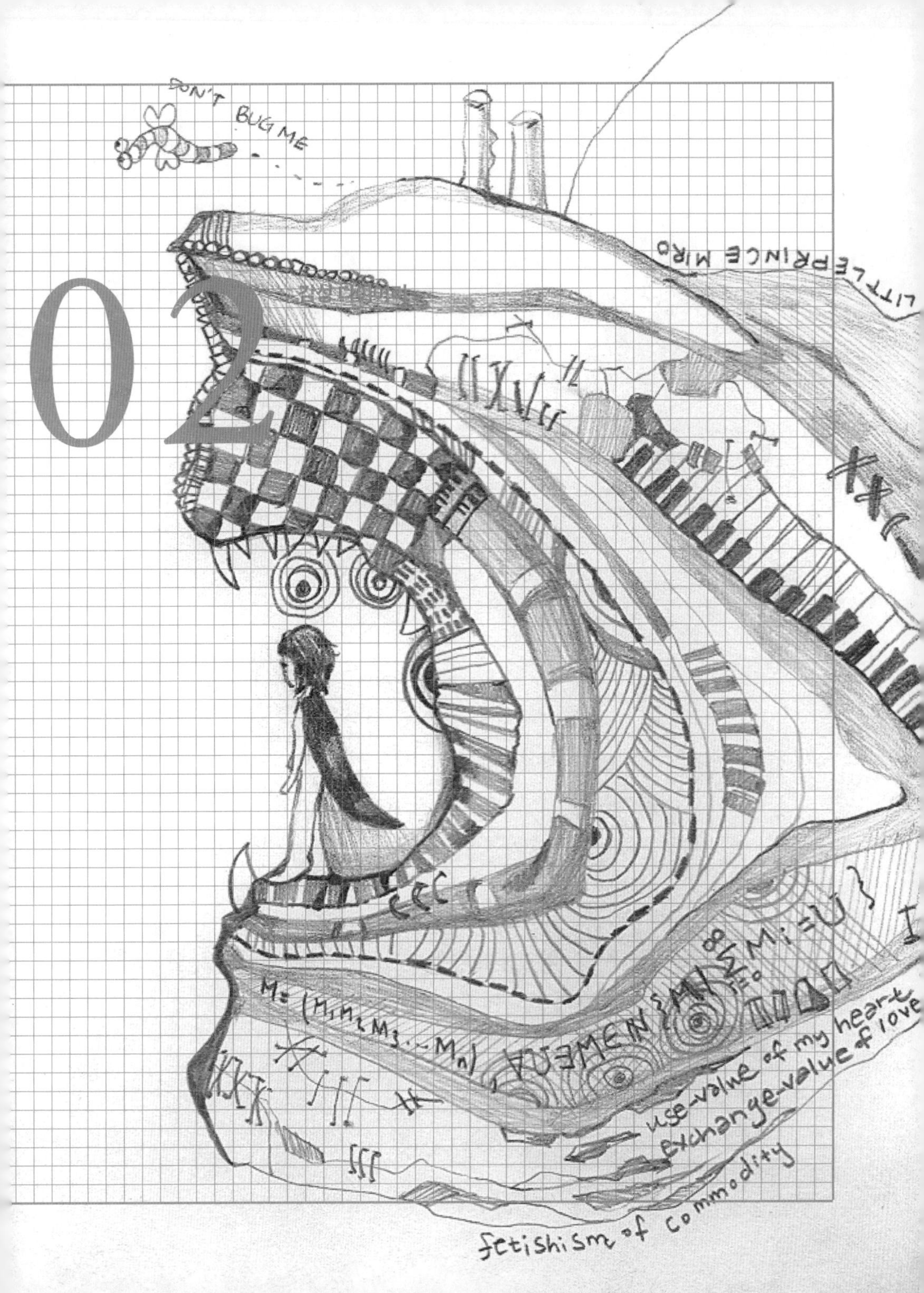
DON'T BUG ME
LITTLE PRINCE MIRO
use-value of my heart
Exchange-value of love
fetishism of commodity

sorry

i forgot to wear one sock today

but don't get mad

i remembered to wear both shoes this time

DONGJOO SUH 12.10.2006

세살때 앞니 네개가 한꺼번에 빠졌다 아니 뽑았다
그네밖에 흔들리지않고있을때 날아버려서
그런지 다시 날때까지 당당히 오래걸렸다
그 기간 내내
「못생겼다. 인물났네, 인물났어」
나이 소리만 들었다
아니다. 분위아니께 거짓말은 한번했다
「누구닮아서 이렇게 못생겼니
동생은 예쁜데 넌 왜그러니
동생은 엄마닮고 너는 아빠닮았구나」
↳ 이런소리들도 들었다
생각해보니
어쨌거나 난 어른들이 너무나 미웠다
내가 어리다고 아무것도 모를줄 알고 그랬는지
상처주는말을 아무렇지 않게 했으며
하대는 어른들이 미웠다 ___
어려도 알건 다아는데...
어려도 상처받는데...
어려도 슬퍼하고,
어려도 눈물흘릴줄 아는데...

DONGJOOSUH
12.10.2006
young
and
hurt

피에로의 눈을 가진 토끼 '하루카 Haruka'라는
캐릭터를 만들었다 : SO WHAT?

사워할 때 눈을 감으면 귀신이 나타난다고 했다.
너무 무서워서 한동안 물안경을 끼고 사워했다.

What?

i can't hear you

DONGJOO SUH
12.11.2006

The simultaneous sameness and difference is
what made [me] a such fitting guinea pig.
– Terri Kapsalis, Mastering the Female Pelvis

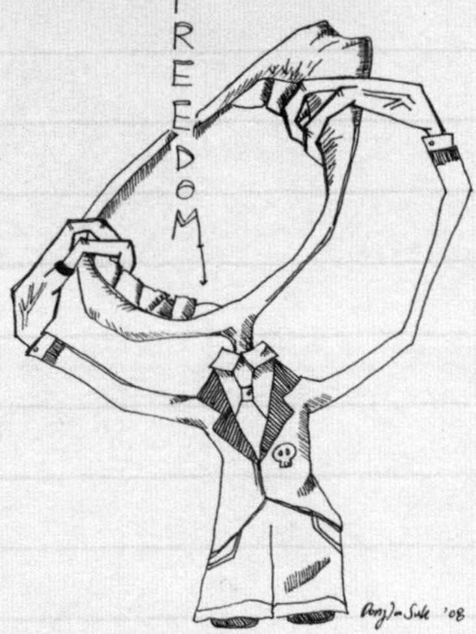
FREEDOM

...THIS CLOWN WEARING A CROWN FULL OF REGRETS AND MORE...

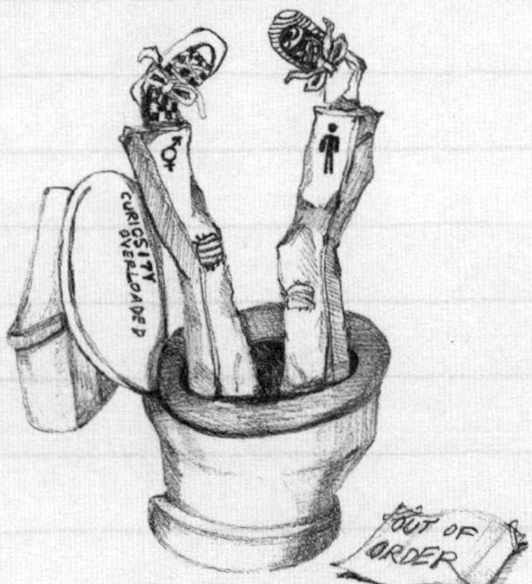
CURIOSITY OVERLOADED
OUT OF ORDER

얼마나 이렇게 묶여 있었는지 모르겠다.
해야 하는 일들로 인해, 하고 싶지 않은 일들로 인해.

SUPA HERO

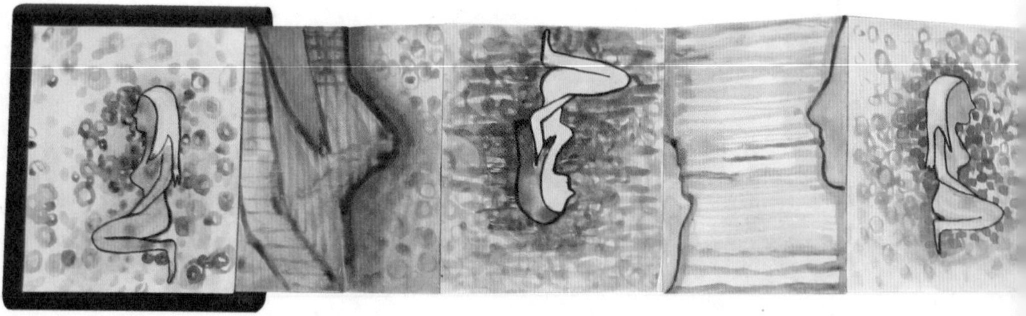

내 안엔 수많은 내가 있다.
불같은 나
얼음 조각 같은 나
거품 같은 나
펴즐 같은 나
무엇 하나 다를 바 없는 나
바보 같은 나
나

나

그리고

나

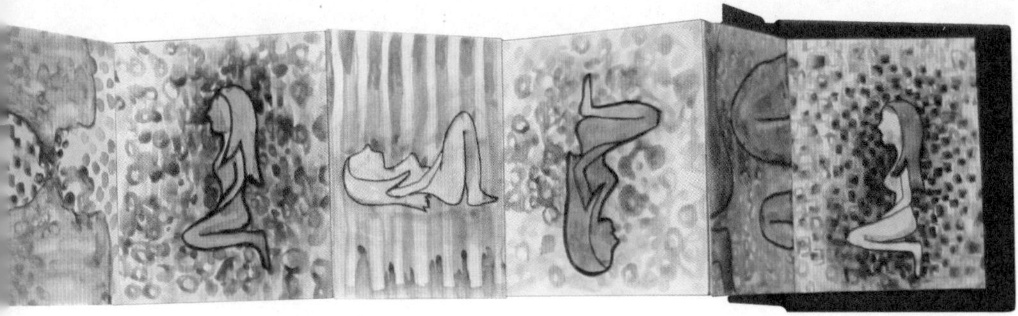

짧은 앞머리 때문에 불편해하는 희야를 위해
머리핀을 꽂아주었다.
덕분에 눈썹이 생겼다.

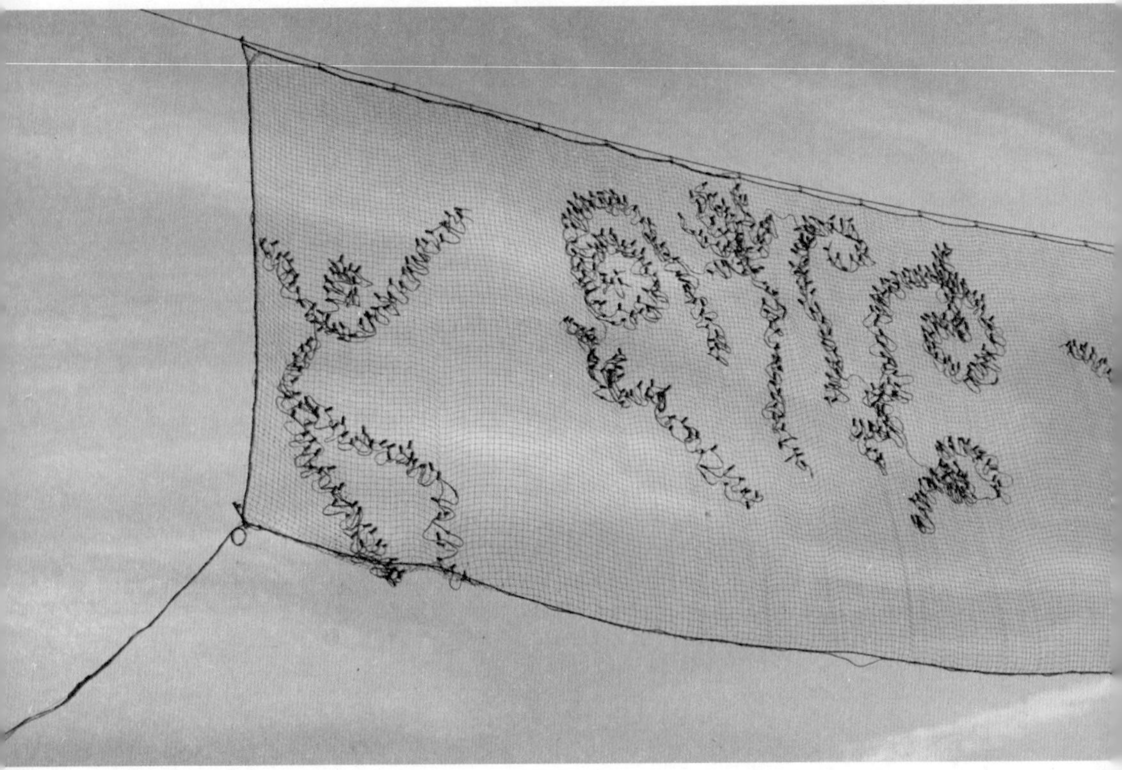

바람 부는 날, 비닐봉지 하나가 내 앞에서 한참이나 춤을 추었다.
며칠 밤을 새워서 제대로 생각의 갈피조차 잡기 힘들어하던 내 앞에서,
마치 내가 최고의 관객이라는 듯, 남의 시선 따윈 신경 쓰지 않고,
춤을 추었다.
빠르게 발걸음을 옮기는 사람들의 발길에 차이기도,
찻길로 들어서 위기를 맞기도 했지만, 멈추지 않았다.
혼자라서 외로워 보였지만, 그래도 끝까지 박치인 바람을 리드해가며
춤을 추었다.
한 번의 거센 바람이 불자, 비닐봉지는 이내
하늘 높이 솟구쳐 올라 나뭇가지에 걸려버리고 말았다.
반으로 동강 나버린 몸을 하고서도 포기할 줄 모르던 그 친구는,
나뭇가지에 온몸을 맡긴 채 바람에 날려가며 끝까지 춤을 추었다.

안전한 길로만 가는 건 내 스타일이 아냐.
실패하더라도 아무도 가보지 않은 길을 택할래.
구멍 속을 아무리 파보아도 새로운 것은 나오지 않을 거라는
걸 알면서, 왜 파야 하는지 이해할 수 없어.
위험하고 정체를 알 수 없는 외계 생명체가 튀어나온다 해도,
안전하지만은 않은, 모험 가득한 길 위를 걷고 싶어.

Comune di Milano

The Story of Dong Joo
Section: 02 ________ Art

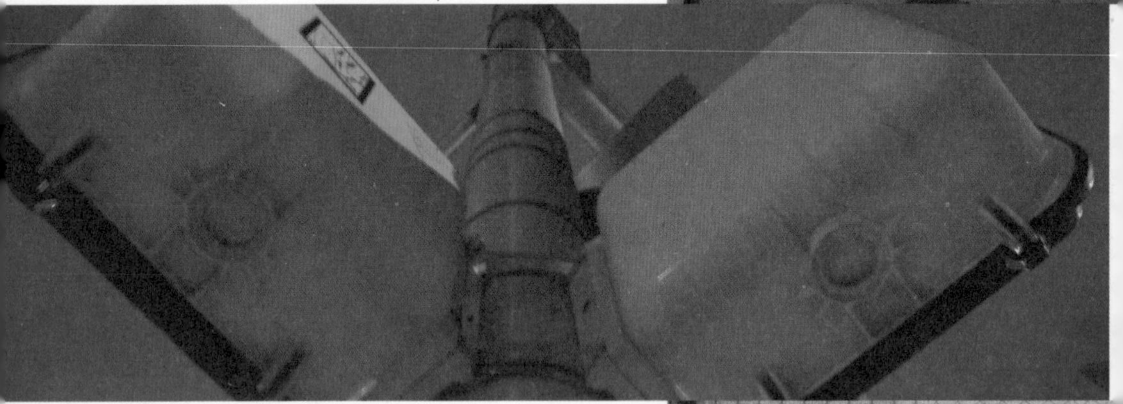

Milan, Italy + Harvard Square &
Central Square, USA

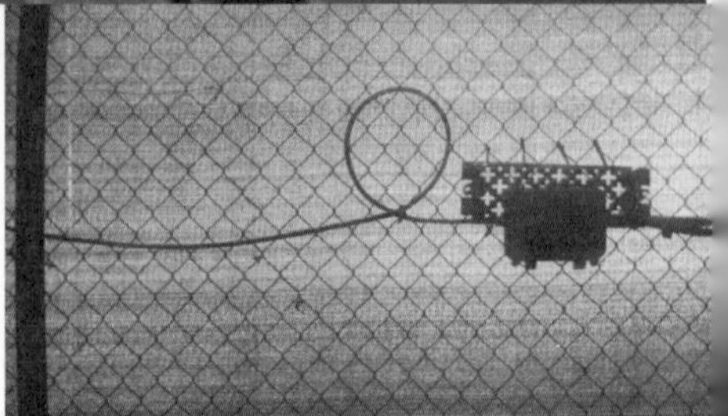

DODGE

live life in an interesting way without causing suffering to Those
Beings
Things
Creatures
identities vs fluxt identities vs no identities
if you need to cause suffering

Falafal Palace
OPEN

passo
carrabile
aut. n. 0218/001/95

Part.

Mu

음악이 없다면 내 인생은 어떻게 되었을까. 지독한 사춘기를 기댄 곳도 음악이었고, 미로와의 소통이 이루어지는 곳도 음악이고, 치열하게 공부를 해야 할 때 에너지를 공급해 준 것도 음악이었다. 정말로, 음악이 없었다면 내 인생은 지금과 같지 않았을 것이다.

03

Music of my life

sic

기타로 쓰는 일기

처음 기타라는 악기를 발견한 것은 고등학교 입학을 앞둔 어느 날이었다. 텔레비전 브라운관이지만 미국의 뮤지션 주얼 Jewel 이 기타를 치며 노래 부르던 모습에 그만 반해버렸다. 통기타를 배우기로 마음먹었다. 일단 마음먹은 이상 바로 실천에 옮겨야 직성이 풀리는 나는 당장 싼 가격의 중고 기타를 구입했다. 밝혀두자면, 이때에도 가수나 연예인을 하고 싶다는 생각은 없었다. 어떤 목적 의식도 없이, 순수하게 코드를 익히고 손가락으로 짚어서 줄을 튕기는 것이 너무나 즐거웠다. 그 후로 기타는 휴식의 일부가 되었다.

그리고 드디어 입시에서 해방된 이후, 새로운 기타 배우기를 시도했다. 이번에는 록 음악의 기타 솔로에 귀가 솔깃한 덕이다. 그래서 대학에서는 일렉트로닉 기타를 연습하기 시작했다. 물론 무엇이든 '홀딱' 빠져버리는 나이기에 연습만은 몹시 열심히 했다. 기타를 처음 접한 시간부터 지금까지 꽤 오랜 시간이 흘렀고, 그 정도 시간이면 실력이 나아질 만도 한데 신기할 정도로 초보 실력을 유지하고 있다. '학기 중에는 연습할 시간이 거의 없으니까.'라고 스스로에게 둘러대지만 그래도 아쉬운 마음이 드는 것은 사실이다. 어쨌거나 가끔 공부가 안 되거나 우울할 때 기타를 부둥켜안고 노래를 부르거나 어설프게라도 작곡하는 것은 기분 전환에 도움이 된다. 초등학교 이후로 그만두었지만 여전히 내 곁에 있는 피아노와 늘 실력 향상의 욕구를 불러일으키는 기타를 이용해 혼자 방에서 녹음해보는 것은 그래서 내겐 소중하다. 녹음된 어설픈 음악들을 들으며 혼자 '피식' 웃기도 하고 노래 부를 때의 그 감정들을 떠올려볼 수도 있으니까. 그 노래들이 나의 또 다른 일기인 셈이다.

MY IPOD LIST

음악을 좋아하지 않는 사람은 없지만, 내게는 음악이 인생에서 차지하는 비율이 남들보다 좀 크다. 노래를 잘 부르는 것도, 악기 연주에 뛰어난 것도 아니지만, 음악을 듣고 감상하며 가사 한 구절 한 구절 되새겨보는 것을 좋아한다. 그 멜로디와 리듬과 분위기는 그 음악을 듣던 당시의 추억과 어우러져 더

욱 깊게 내 기억 속에 새겨진다.

동생 미로의 표현에 따르면 아무래도 나는 성격상 '분노의 록'이 맞는 것 같다. 사춘기 고등학생 시절 내가 가장 많이 들었던 음악은 〈마릴린 맨슨 **Marilyn Manson** 같은 아티스트들의 하드코어 노래들이었다. 마릴린 맨슨의 '뷰티플 피플 **Beautiful People** '의 분노 섞인 가사가 그 당시의 우울하고 힘들었던 내 마음을 위로해주었으니까. 한참 하드코어 록에 빠져 있었을 땐 공부할 때 듣는 음악도 별반 다르지 않았다. 과제를 하거나 시험 공부를 하면서도 메탈 그룹 〈슬립낫 **Slipknot** 〉의 음악을 들을 정도였으니까. 귀가 아플 정도로 크게 볼륨을 키워놓고 공부하며 듣던 〈듀얼리티 **Duality** 〉나 〈아이리스 **Eyeless** 〉는 지금까지도 즐겨 듣는 곡들 중 하나다. 시간이 지나면서는 록 밴드 〈파파로치 **Papa Roach** 〉, 〈림프 비즈킷 **Limp Bizkit** 〉, 〈린킨 파크 **Linkin Park** 〉를 좋아하게 되었다.

대학교에 들어간 이후로는 미로의 영향 덕분인지 이모코어 **Emocore** (록의 한 장르로서 감성적인 하드코어 **Emotional hardcore** 의 줄임말)를 많이 들었다. 〈블링크 원에이티투 **Blink182** 〉, 〈오프스프링 **Offspring** 〉, 〈더 유즈드 **The Used** 〉나 〈마이 케미컬 로맨스 **My Chemocal Romance)**〉 같은 곡들이 내 아이팟을 가득 채우고 있었다. 언젠가 미로에게 〈폴아웃 보이 **Fall Out Boy** 〉라는 밴드를 소개해주었는데, 미로가 너무 좋아하는 바람에 우리는 한참 동안이나 그들의 음악에 대해 이야기를 나누곤 했다. 요즘 들어서는 밝은 곡들이 좋아졌다. 최근 나의 '강추' 아티스트는 단연 〈더 쿡스 **The Kooks** 〉다. 영국의 인디 록 밴드인 쿡스는 올해에 그들의 두 번째 앨범인 〈Konk〉를 발매했는데, 격하게 발랄했던 1집에 비해 2집은 사뭇 성숙하고 진지해진 느낌이다.

이야기를 하다 보면 의외로 터프한 음악을 좋아하는 나를 신기하게 여기는 사람들이 많다. 커피를 마시며 클래식을 듣는 내숭을 떨 줄 알았나 보다. 하지만 학교와 집만 왔다 갔다 하는 반복적인 생활을 하던 내게 '클래식'은 어울리는 음악이 아니었다. 생활에 활력을 주려면 역시 '분노의 록'이어야 했나.

미로야, 노래 고마워

미로의 하루는 음악 작업으로 가득 차 있다. 보컬 레슨, 개인적인 작사 작곡, 음악가들과의 편곡 작업까지, 점심 식사 이후부터 잠들 때까지 음악과 관련되지 않은 일은 거의 하지 않으니까. 영감이 충만하기만 하다면 새로운 곡들은 금세 완성된다. 그렇지만 일반적으로는 한 곡의 틀을 잡기 위해 한두 달이 넘게 작업을 하곤 한다. 심각할 때는 완성까지 1년이 걸릴 때도 있다. 어쨌든 미로는 완성된 곡들을 꼭 나에게 들려준다. 새로운 시도를 했다거나 스타일에 변화가 있을 때엔 기대에 찬 눈으로 '이거 들으면 깜짝 놀랄 거야.'라고 말한다.

내가 미국에 있고 미로가 일본에 있었을 때도 우리는 메신저를 이용해서 음악을 나눴다. 미로는 자신의 곡들을 mp3 파일로 만들어서 가사와 함께 보내주곤 했다. 미로가 나와 음악을 공유하는 이유는 아마 나의 솔직한 감상평 때문일 것이다. 전문가가 아니라서 테크니컬한 부분들에 대해 이야기해주지는 못하지만, 그래도 비전문가가 받는 느낌은 충실하게 전달하려고 노력하니까.

여름 끝자락에 앨범을 낼 예정이라서 요즘 미로는 음반 작업이 한창이다. 그래서 작년 12월부터 올 초까지는 정식 녹음을 위한 가녹음을 많이 했다. 녹음실에 가서 정식 녹음을 시작하면 기타도 드럼도 미로가 원하는 스타일이 아닌 세션들의 스타일로 바꿔어버리기 때문에 모든 파트를 일일이 미로가 작곡한 뒤, 밴드 멤버들과, 때로는 혼자 모든 파트를 녹음하는 작업을 했던 것이다. 그렇게 작업하던 곡들 중 하나에 여자 목소리가 필요한 곡이 있었다. 가녹음인지라 비싼 돈 주고 코러스를 부르기 곤란해하던 터에, 마침 그때 한국에 나와 있던 나에게 미로가 물었다.

"누나가 한번 해볼래?"

"나 노래 못하는 것 알잖아."

"가녹음이라서 못해도 돼."

못해도 된다는 말에 흔쾌히 오케이를 하고 녹음을 위해 화장실에서 며칠을 연습했다. 못해도 된다고는 했지만 그래도 사람 마음이라는 게 그렇지 않으니까. 그래도 음반 내는 사람이 녹음하는 것이니까 간직하고 싶기도 했다.

드디어 녹음하는 날. 그런데 미로가 아직 피아노 반주 부분이 덜 완성되었다고 했다. 건반을 빨리 쳐야 하는데 미로가 치기에는 어려움이 있어서 키보드를 다룰 줄 아는 친구에게 부탁을 해야 할 것 같다는 말도 했다. 그러다 미로는 급기야 "누나가 한번 쳐봐."라고 했고, 신기하게도 몇 번 쳐보니 금세 칠 수 있었다. 초등학교 시절엔 그렇게나 싫어한 피아노였는데, 이런 순간에 도움이 되다니! 건반 가녹음을 마치고 노래를 부르려 마이크 앞에 섰다.

미로와 재환이(미로밴드 베이스) 단둘 앞인데도 무지 떨려서 짧은 곡이었는데도 2시간이나 걸렸다. 나중에 미로가 완성된 곡을 파일로 전해줬을 때의 그 느낌이란! 마치 새 앨범을 받아 든 가수가 된 기분이었다. 말하진 않았지만 나는 은근히 다음 가녹음을 기대하고 있다. 미로가 다음에도 또 불러줄까? 불러준다면야 공짜로 해줄 텐데.

Miro: playing his guitar

Part. Fa

실루엣만 보고도, 뒷모습만 보고도 어떤 사람을 알아볼 수 있다면 그건 사랑일 것이다. 걸을 때 다리를 휘적거리는 버릇, 두 번째 손가락을 구부렸다 폈다를 자주 하는 습관, 웃을 때 이를 꽉 물며 웃음을 참는 모습…. 그만의 사소한 몸짓들로 그 사람을 떠올려낼 수 있다면 그건 사랑일 거라 생각한다. 사랑한다는 말에 눈물 흘렸던 일이라든가, 재미없는 영화를 보면서도 행복해하던 일이라든가, 하는 일 없이 특별한 대화도 없이 하루 종일 붙어 있던 일이라든가.
둘만 아는 기억의 조각들로 그 사람을 그려낼 수 있다면, 그건 사랑일 거라고 생각한다.
눈을 감고 있어도 떠올릴 수 있는 사람들, 사랑하는 나의 가족.

04

가족 이야기

mily

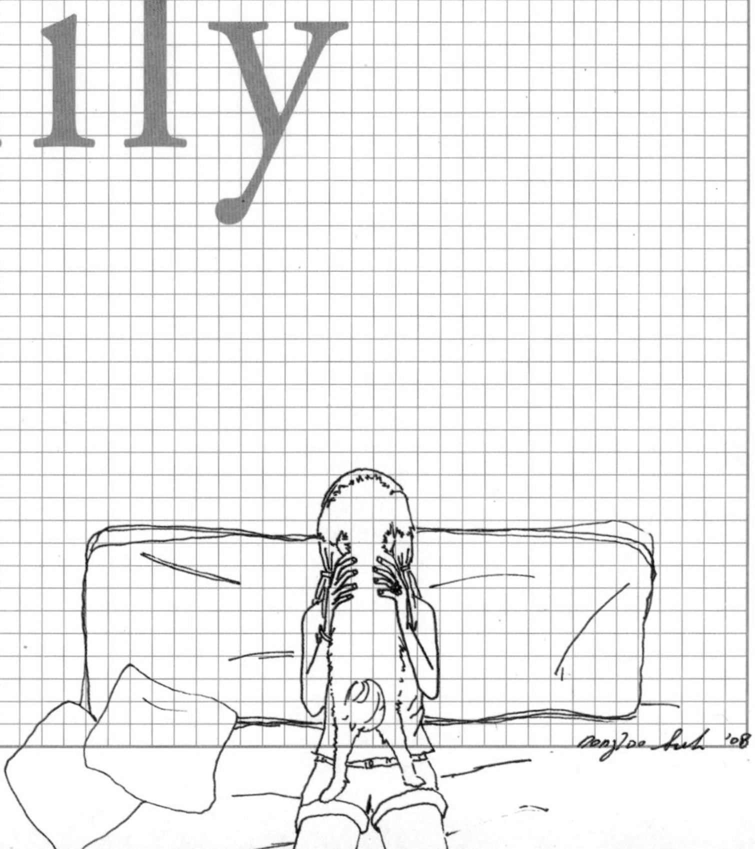

세상 사람들이 생각하는 아빠의 이미지는 권위적이고 자만심 가득한 모습일지 몰라도, 내게 아빠는 잔정도 많고 여린 데다 누구보다 사랑이 넘치는 분이다. 유학 간 딸내미가 보고 싶으셨는지, 아니면 외지 생활이 걱정되셨는지 아빠가 수화기에 대고 하는 말은 늘 비슷하다.

"공부는 그만하고 집에 와!"

그런 아빠니, 내가 한국에 들어가거나 미국으로 떠날 때마다 공항으로 오시는 것도 가능한 것이겠지만. 새벽 5시이건 밤 12시이건 관계없이 달려오신다. 회사 일이나 녹화가 밀려 밤을 새우는 한이 있더라도 말이다.

내가 페이 스쿨에 다니던 시절, 방학이 끝나 미국으로 돌아갈 때였다. 아침 9시에 출발하는 비행기를 타느라 새벽부터 서둘렀던 탓에 모두의 얼굴엔 피곤함이 가득했다. 나와 우리 가족은 같은 학교를 다니는 친구들의 가족들과 모여 출발 시간을 기다리고 있었다. 아쉬운 마음으로 인사를 나누고 있는데, 폭설주의보 때문에 비행기가 연착되고 있다는 방송이 흘러나왔다. 부모님들의 반응은 각기 달랐다. 내일 여기까지 어떻게 또 나오냐며 불평하는 아저씨도 있었고, 하루라도 학교를 빠지면 안 된다고 발을 동동 구르는 아주머니도 있었다. 겨우 열네 살이었던 나는 어른들을 이해할 수가 없었다. 그 날씨에 비행기를 탔다가 잘못되어 사고라도 나면 더 큰일일 텐데. 이상하게 여기고 있던 내게 아빠는 집으로 돌아가야 하니 차를 타라고 하셨다. 비행기가 이륙을 하더라도 이런 날씨에는 보낼 수 없다고 하시면서 아빠는 학교를 하루 이틀 빠지는 게 무슨 대수냐고, 회사에 조금 늦는 것이 뭐가 그리 큰일이냐고 말하셨다.

그리고 아빠의 사랑은 말보다는 행동에 가깝다. 아이스크림이 먹고 싶다고 할 때는 흘려 들으신 듯 바삐 대답하시지만 퇴근할 때 아빠의 손에는 아이스크림 봉지가 들려 있다. 아빠의 원칙 중 하나는 일요일을 가족과 함께 보내는 것이다. 집에서 쉬기도 하고, 다 함께 외출을 하기도 하고, 엄마 대신 집안

일을 하기도 하는 날이다. 아빠는 나와 동생에게 바라는 기대치가 높았지만, 그만큼 아빠 스스로도 희생하고 절제하는 모습을 보여주셨다. 아빠와 관련된 수많은 루머에도 우리 가족이 변치 않고 자신의 자리를 지켜올 수 있었던 것은, 아빠를 향한 믿음과 신뢰가 있었기 때문이다. 내게 고민이 있을 때 언제든지 의논할 수 있고, 언제든 나의 편을 들어주는 사람은 바로 아빠다. 어쩌면 나는 아빠 덕분에 유학 생활을 포기하지 않았는지도 모르겠다. 공부가 힘드니 집에 돌아가고 싶다고 하면 토를 달지 않고 그냥 돌아오라고 해줄 사람이 아빠였기 때문에. 세상의 모든 아빠가 딸을 아끼겠지만, 내게는 내 아빠이기에 더욱 고맙고 행복하다.

누굴 닮았니

아이들은 엄마와 아빠 중에 누구를 더 닮았는지 관찰당한다. 의심의 여지도 없이, 나는 아빠를 빼닮았다. 외모는 물론이거니와 성격이나 취미생활까지도 닮았다. 특히 아빠와 나를 가깝게 묶어주는 부분은 책을 사랑한다는 점. 아빠와 나는 좋아하는 책의 종류도 비슷한데, 주로 사건 사고를 다루는 〈모방범〉 같은 추리 소설을 좋아한다. 그 외에도 무라카미 하루키 같은 작가의 '자아 찾기' 모티브의 책이나 〈체 게바라 평전〉 같은 책을 좋아한다. 덕분에 아빠와 나는 각자 구입한 책을 교환해 보는 일도 많고, 함께 서점에서 책을 고르는 일도 많다. 아빠와 딸이 밤늦도록 거실에서 함께 책을 읽고, 토론하고, 서점에 같이 다닐 수 있다는 사실이 좋다.

생각해보면 책 읽는 습관은 아빠가 내게 물려주신 일종의 유산이다. 아빠는 퇴근 시간과 무관하게 집에 들어오면 꼭 1~2시간가량 독서를 하고 난 뒤에야 잠이 들곤 하셨다. 방에서 잠자고 있던 나도 도중에 잠이 깨면, 낮에 읽던 책을 들고 나와 아무 말 없이 아빠 곁에서 한참 동안 책을 읽곤 했다. 유학을 가기 전에는 특히 아빠와 토론할 기회가 많았는데, 어린 나이였지만 〈무정〉, 〈상록수〉, 〈감자〉, 〈토지〉 등의 책을 읽고 아빠와 이야기를 나누는 것이 무척 즐거웠다. 특히 〈우리들의 일그러진 영웅〉을 읽고 나눈 아빠와의 대화는 아직까지 기억에 선명하다. 그 당시에 나는 단지 초등학생들의 이야기를 다룬 그 책이 왜 그렇게 유명하고 필독서로 꼽히는지 이해할 수 없었다. 그런 내게 아빠는, 책을 읽을 땐 책의 줄거리를 파악하는 것도 중요하지만, 그 안에 숨겨진 의미가 무엇인지를 늘 생각해봐야 한다고 하셨다. 겉으로 보기에는 단지 어린 한병태와 엄석대의 초등학교 시절을 그린 글이었지만, 작은 교실에서 일어나는 독재와 굴복은 사회 나가서도 같다고 말이다. 아빠의 설명을 들은 뒤부터는 어느 책을 읽든 겉껍질 안에 숨어있는 뜻과 의미, 그리고 해석에 대해 한 번 더 고민해보는 습관이 생겼다.

이제 나는 더 이상 초등학생이 아니지만, 한국에 있을 때는 여전히 읽은 책에 대해 토론을 한다. 그리고 '왜 우리 아이는 책을 안 읽지?'라고 묻는 사람들에게 아빠는 늘 같은 대답을 한다. '자신의 아이에게 왜 책을 읽지 않고 공부를 하지 않느냐고 묻기 전에, 스스로의 행동을 돌아보세요. 자기 자신은 얼마나 책을 읽었는지, 아이에게 독서하는 모습을 보여준 적이 있는지 생각해보세요.'라고. 아빠의 대답에는 힘과 진정성이 공존한다. 아빠 스스로가 책을 많이 읽는 데다, 나를 통해 아빠의 생각이 고스란히 증명되니까.

EDUCATION=EXPERIENCE

아빠에게 교육이란 아이에게 무엇이든 체험하게 해주는 것이었다. 피아노를 칠 때는 뛰어난 실력을 가진 사람들의 연주회에 데려갔고, 미술을 전공할 때는 미술관과 갤러리에 데려가 작가들의 작품을 볼 수 있도록 해주셨다. 아마도 스스로 도전하고 싶은 마음을 심어주고 싶으셨던 모양이다.

고등학교 때에는 내가 정말 좋아하는 조덕현 작가님의 전시회에 갔다가 운 좋게 작가님과 마주치게 되었다. 아빠는 그 작가님과 친분이 전혀 없었음은 물론이거니와 작품도 잘 모르셨지만 그분께 말을 걸었다.

"제 딸이 미술을 전공하려고 하는데, 조덕현 작가님의 작품을 정말 좋아합니다. 혹시나 실례가 되지 않는다면 선생님의 아틀리에를 구경시켜주실 수 있나요?"

작가님은 처음엔 당황하신 듯했지만, 이내 흔쾌히 허락하셨고 주말에 우리는 작가님의 작업실로 초대받았다. 40평 남짓한 작업실은 정돈되지 않았지만, 한눈에 보기에도 치열했다. 내 키만 한 작품들이 즐비하게 벽에 기대어 있었고, 공개되지 않은 작품들이 이젤 위에 놓여 있는가 하면 목탄 가루와 헝겊들, 빵 조각들이 작업실 바닥을 차지하고 있었다. 앞치마를 두른 작가님은 "깨끗하지는 않아요."라며 조금 창피해하셨지만, 어린 나의 눈에는 꿈같은 공간이었다. 게다가 좋아하는 작가의 작업실에서, 작품에 대해 궁금한 부분을 모두 물어볼 수 있는 기회라니! 아빠가 작가님에게 용기 내어 말을 걸지 않았다면 결코 가질 수 없는 기회였다. 어쩌면 강남 엄마들의 치맛바람보다 더 큰 적극성이 필요한 일이었다. 덕분에 그날 집에 들어온 나는 꽤나 오랫동안 방에서 뭔가 만들어보겠다고 끙끙거렸다. 나중에는 이런 방식으로 김종학 작가님과 오광섭 작가님의 아틀리에까지 구경할 수 있었다! 몇 개씩이나 되는 학원에 보내고 공부하라고 말하는 대신, 배움이 되고 스스로 동기 부여가 되는 경험들을 할 수 있도록 하는 것이야말로 좋은 교육이 아닐까.

믿어주는 아빠

내가 유학을 갈 수 있었던 것은 전적으로 날 믿어주는 아빠 덕분이었다. 자식을 믿는 부모들은 많지만, 아빠의 특별한 점은 '어린' 딸을 믿어주었다는 것에 있다.

서울에서 중학교를 다니던 여름방학, 우리 가족은 미국의 이모들을 만나러 갔다. 이모들은 매사추세츠 주에 살고 계셨는데, 근처에 페이 스쿨이 있었다. 엄마와 아빠는 이왕 온 김에 미국 학교 구경이나 하자고 하셨고, 우리 가족과 이모네 가족들은 페이 스쿨의 운동장을 찾았다. 그때, 햇살을 받으며 자유롭게 뛰노는 내 또래 아이들을 보며 나는 생각했다.

'아, 미국에서 학교 다니는 애들은 만날 저렇게 운동장에서 놀기만 하는구나.

나도 공부 걱정 안 하고 놀면서 학교 다니고 싶다.'

이런 야심(?)은 숨긴 채, 엄마 아빠에게 외국에서 공부해보고 싶다고 박박 우기기 시작한 건 한국에 돌아와 얼마 지나지 않았을 때였다. 아빠와 집안 어른들의 극심한 반대에도 불구하고 나와 미로는(미로도 나와 비슷한 생각이었던 것 같다) 울면서 제발 가게 해달라고 빌었고, 결국 3개월 후 가도 좋다는 허락이 떨어졌다. 마냥 신나 있던 나와 동생을 앉혀놓고 아빠는 엄숙하게 입을 열었다.

"너희는 아직 어리지만, 너희의 의견을 존중해서 보내주기로 한 거다. 단 조건이 있다. 아빠는 외화 낭비하는 꼴은 절대 못 보니, 가면 무조건 1등을 해야 한다. 반에서 1등, 학교에서 1등, 그리고 대학도 고등학교도 최고로 좋은 곳에 진학해야 한다. 그 약속을 지키지 못할 거라면 지금이라도 가지 않겠다고 말해."

나와 동생은 눈을 맞추며 살짝 고민해보았지만, 놀기만 하는 아이들의 모습이 떠올라 '에이, 뭐 설마 한국보다 힘들겠어?'라고 생각하며, 걱정 말라고 꼭 잘하겠다고 아빠에게 말했다.

"알았어, 아빠. 대신 우리도 조건이 있어. 앞으로 우리가 알아서 할 테니까 성적표 보여달라고만 하지 마."

뭔가 말도 안 되는 조건이었지만, 아빠는 심각한 표정으로 생각에 잠겼다. 그러더니 이윽고, "그래, 약속할게. 대신 너희도 약속 지켜라."

성적표 보여줄 걱정을 접어도 된다는 생각에 나와 동생은 뛸 듯이 기뻐했다. 그렇게 내 나이 만 열세 살 되던 해, 열한 살의 동생과 나는 유학길에 올랐다. 아빠는 어리고 철없는 우리와의 약속을 성실히 지켰다. 우리가 스스로 말하기 전까지는 성적표를 보여달라고 하신 일도, 시험 점수를 물어본 일도 없었다. 어떻게 보면 말도 안 되는 약속이었지만 지켜주는 아빠의 모습에서 우리를 향한 강한 믿음이 느껴졌다. 그리고 누군가로부터 무조건적인 신뢰를 얻고 있다는 사실은 보이지 않는 힘이 되어 지금까지 나를 이끌고 있다.

동주가 하고 싶은 걸 해

가난한 어린 시절을 보낸 엄마는 학교를 마치고 '난 피아노 학원 가야 해.' 라고 말하고 총총 뛰어가는 친구들이 너무 부러웠다고 한다. 그래서 딸을 낳으면 꼭 피아노를 가르치고 싶었다는 엄마는 내가 일곱 살이 되자 피아노 레슨을 시키기 시작했다. 처음엔 그저 피아노를 치는 나의 모습에 만족하셨지만, '아무래도 동주는 피아니스트가 되어야 할 것 같아요. 피아노를 제대로 시키셔야 하지 않을까요?'라는 피아노 선생님의 말에 넘어가 나를 맹훈련 시키기 시작했다. 피아노 선생님이 나를 좋게 보셨는지, 레슨 시간을 늘려서 수입을 늘리고 싶으셨는지는 알 수 없지만, 하여튼 그 선생님 덕분에 나는 맹훈련에서 한발 더 나아간 지옥 훈련을 받게 되었다. 이 훈련은 초등학교 3학년 때 절정을 이루었는데, 그때는 우리 집이 그다지 부유했을 때가 아니라서 더 부담스러웠다. 사람 하나 눕기도 힘든 방 하나에 작은 피아노를 사두고 나머지 한방에서 가족 모두가 모여서 잘 때였으니까. 게다가, 옆집, 아랫집에서 항의할까 봐 두꺼운 담요 5장으로 피아노를 싸둔 덕에 피아노는 건반 달린 커다란 슈크림 덩어리처럼 보였다.

잠에 취해서도 완벽하게 완곡(곡을 처음부터 끝까지 연주하는 것)하는 것이 가능했다던 유명 피아니스트의 일화를 들은 엄마는 매일 아침 새벽 5시 30분 정각에 나를 깨웠다. 비몽사몽간에 세수도 하지 않은 나를 '슈크림' 피아노 앞에 앉혀 완곡하게 했다. 내가 말 그대로 정신없이 연주할 동안 엄마는 내가 틀린 부분을 악보에 체크해놓았다. 곡을 처음부터 끝까지 연주하고 나면 틀린 곳을 연습해야 했다. 각각 20번씩 치고 다시 완곡을 한 뒤에야 나는 세수를 할 수 있었다.

사실 엄마의 과도한(?) 정성은 피아노뿐 아니라 공부에도 적용되었다. 밥 먹는 동안에도 공부를 게을리하면 안 된다며 숟가락에 반찬을 올려줄 때마다 문제집에 나온 문제를 읽고 답하게 했다. 학교가 끝나 집에 오면, 또다시 완곡을 하고 틀린 부분을 연습해야만 자유 시간이 주어졌다. 잠깐의 자유시간 동안 억울하게도, 자유는 하나도 없이, 숙제를 하고 나면 다시 피아노 앞에 앉아야 했다. 이렇게 매일 7~8시간씩 반복되는 연습은 버거웠지만, 결과적으로는 연습 덕분에 나는 한국일보, 국제문화교육회, 전국 아동음악경연대회, 전국청소년음악예술대회 등의 모든 콩쿠르에서 최우수상 또는 금상을 수상할 수 있었다. 주변에서는 정말로 피아노 신동이 났다고 수근댔고 우쭐해진 엄마는 체계적인 교육을 위해 나에게 3명이나 되는 피아노 선생님을 붙여주었다. 작은 선생님은 대학생으로 내가 혼자 연습을 할 때에도 옆에 앉아서 도와주셨고, 신임 교수님이었던 중간 선생님은 틀린 부분이나 곡 해석을 도와주셨으며, 큰 선생님은 유명한 대학 교수님으로 전체적인 곡의 방향을 제시해주셨다.

그러나 틀릴 때마다 파리채로 머리와 손등을 맞아가며 연습하고 또 연습하던 어린 나는 아무리 많은 상을 받아도 행복하지 않았다. 잠시 맡아 키우던 강아지를 떠나보내고 슬퍼서 울던 나를 억지로 피아노 앞에 앉혀놓고, "그까짓 개가 중요해, 피아노가 중요해!"하며 소리 지르던 엄마가 너무 무서워서 쉬지 못하고 연습했을 뿐이었다.

그러던 4학년 어느 날, 피아노 콩쿠르 중에서도 인정받는 삼익 콩쿠르에 출전하게 되었다. 삼익 콩쿠르는 특이하게도 예선이 두 차례여서 2차 예선까지 통과해야 본선을 볼 수 있는 시스템으로 구성되어 있었다. 1차 예선은 무리 없이 통과하고, 2차 예선곡을 연습했는데, 예전에 한국일보 콩쿠르에서 연주해 1등을 한 적이 있던 바하의 곡이라 여유가 있었다. 그런데 2차 예선 당일, 내 앞 번호에 앉아 있던 여자 애가 틀어놓은 메트로놈 소리에 홀려, 박자를 너무 빨리 잡는 바람에 천천히 연주해야 하는 바하를 쇼팽의 곡처럼 빠르게 치고 내려와버렸다.

2차 예선이 끝나고 결과를 기다리는 1시간은 나를 숨 막히게 했다. 나보다 더 간절하게 기도하며 내가 붙기를 바라는 엄마의 모습을 보는 것도 나에겐 부담스럽고 힘겨운 일이었다. 결국 그날, 나는 2차 예선에서 떨어졌고, 집으로 돌아가는 내내 엄마는 창밖을 바라보며 소리 없이 울었다. 어린 나는 떨어진 장본인인 나보다 왜 엄마가 더 울고 있는지 이해할 수 없었지만, 엄마가 운다는 사실이 슬퍼 함께 울기 시작했다.

집에 도착해서 세수를 하고 옷을 갈아입은 후 엄마와 마주 앉았다. 그리고 그제야 그동안 내 마음속에 있는 말들을 엄마에게 할 수 있었다.

"엄마, 나 너무 힘들어. 매일 7시간, 8시간씩 연습만 하고, 아무 데도 못 가는 게 너무 힘들었어. 나 피아노 그만둘래. 내가 하고 싶은 걸 할래."
엄마는 말없이 고개를 끄덕였다.

"엄마가 너무 미안해. 엄마 욕심에 우리 동주를 너무 괴롭혔던 것 같아. 엄마 땜에 많이 속상했지? 동주가 하고 싶은 거 찾아서 하도록 해봐. 엄마가 응원할게."

그날 엄마는 나에게, 왜 이제 와서 그만두려 하냐고, 지금까지 해온 것들이 아깝지도 않냐고, 조금만 참으면 되지 않냐고 따지지 않았다. 오히려 그동안 엄마의 욕심만 채우려 했다며 미안해했다. 지금 생각하면 포기하려는 나를 억지로 설득하지 않고, 내 의견을 존중해준 엄마가 참 고맙다. 나는 그때 고작 초등학교 4학년이었을 뿐인데 말이다.

엄마와 나와 잔소리의 삼각함수

중학교 1학년, 나는 혹독한 사춘기를 보내고 있었다. 엄마가 어떤 말을 하든 신경질과 짜증으로 일관하기 일쑤였다. 게다가 청개구리같이 행동하는 일도 부쩍 늘어서 엄마가 감당할 수 없을 정도로 엉망인 아이였다. 그러니 책을 펴고 숙제를 하다가도 멀리서 "동주, 공부하니? 공부해야지." 하는 엄마의 목소리가 들리면 책을 탁 덮곤 했다. "엄마가 공부하라고 하면 공부 안 할 거야!"라고 소리를 빽 지르고 이불을 머리끝까지 뒤집어쓴 후 잠을 자버렸다. 지금 생각하면 참 철없는 행동이었는데, 신기하게도 엄마는 그때 내게 화를 내지 않았다.

"그래, 앞으론 공부하란 소리 안 할 테니까 이제부턴 동주가 알아서 스스로 하도록 해."

그렇게 말하고 방문을 조용히 닫아주었던 엄마는 정말 놀랍게도 그날 이후 단 한 번도 내게 공부하란 소리를 한 적이 없다. 다른 친구들은 엄마와 이야기를 하거나 통화를 할 때, 공부 이야기나 성적 이야기가 나올까 봐 스트레스 받아서 부모님의 전화를 피한다는데 난 지금까지 그런 식의 부담을 느껴본 일이 없다. 내가 싫다고 했을 때 사춘기 소녀의 어지러운 마음을 이해해주고, 심지어 그날 했던 약속을 지금까지 지켜주는 엄마가 있었기에 오늘의 내가 있다고 생각한다. 결국 나도 엄마와의 약속을 지키려 알아서 해야 했으니까.

하지만 다른 부분에서 엄마의 잔소리는 여전히 유구하게 이어지고 있다. 내가 미국에 있을 때에도 엄마와 나는 길든 짧든 하루에 한 번씩은 통화를 한다. 엄마와 나는 모두 시시콜콜한 일상들을 서로에게 들려주는데, 그러다 '밥' 이야기로 넘어가면 엄마의 잔소리 스위치가 켜진다.

"오늘 뭐 먹었니?"

"시리얼."

"저녁때?"

"아침, 점심, 저녁."

"뭐?"

그러고는 아는 분에게 반찬을 부탁해서 소포로 보낸다는 말도 안 되는 이야기도 나온다. 그러면 나는 한국에서 소포로 부치면 돈 엄청 드니까 차라리 여기서 사먹는 것이 낫다고 응수한다. 물론 엄마로서는 요리와 살림에 관심이 워낙 없고 밥 해먹기가 귀찮아 삼시 세끼를 모두 시리얼로 때우는 나를 걱정하지 않는 것이 힘들겠지만. 밥에 관한 잔소리가 끝나고 나면 청소에 대한 잔소리가 이어진다.

"세수하고 거울에 물 튄 것 닦았니?

"아니."

"그거 안 닦으면 나중에 얼룩지잖아. 하여튼 애는 누굴 닮아 이러는지 몰라."

"나중에 닦으면 되잖아."

"그때그때 닦지 않으면 물때 낀단 말이야. 넌 애가 도대체 할 줄 아는 게 뭐가 있니? 청소기는 돌렸어?"

"응! 어제 했어."

"구석은 길고 조그만 걸로 하고 넓은 데는 큰 솔로 했지? 카펫 청소할 때는 카펫용으로 갈아 끼운 다음에 해야 하는데, 했니?"

"그냥 큰 솔로만 했는데?"

"아이고, 어쩌면 좋아. 내가 널 어떻게 믿고 살아야 하니."

엄마는 한참 동안이나 화내다 탄식하기를 반복한 후에 전화를 끊는다. 그리고 다음 날 똑같은 내용으로 내게 잔소리를 한다.

"엄마, 난 안 바뀐다니까. 그만 포기하세요."

"뭘 포기해?"

"밥이랑 청소로 잔소리하는 거."

"엄만 그래도 딴 부모들처럼 공부하라는 소리는 안 하잖니?"

그건 사실이지만, 공부하라는 소리를 안 한다는 이유로 온갖 다른 잔소리는 다른 부모보다 더 한다는 것을 엄마는 아는지 모르는지.

엄마의 기도

어렸을 때부터 내가 봐온 엄마의 모습은 기도하고 묵상하는 모습이었다. 다른 엄마들이 각종 학교 모임에 참여하는 동안 우리 엄마는 교회에 나갔고, 나는 물론 온 가족을 위해 기도를 했다. 기독교에 대해 안 좋은 시선이 있기는 하지만 우리 가족에게는 엄마가 기도하는 분이었다는 것이 긍정적인 힘이 되었다. 내가 공부를 힘겹게 느낄 때면 잘할 수 있을 것이라는 응원과 함께 '엄마는 무지해서 할 줄 아는 게 기도밖에 없어 미안해.'라는 말로 나를 감동시켰다. 심지어 목욕탕에 갈 때도 〈생명의 삶〉이나 〈미션 퍼스펙티브 **Perspectives on the World Christian Movement** 〉같은 책을 들고 다니면서 가족을 위해, 엄마를 위해 고민하고 기도한다.

물론 교회에 다니는 사람들이 모두 좋은 사람들은 아니다. 아빠가 힘들 당시에 교회에서 알게 된 사람들은 아빠를 위해 기도하고 위로하는 대신 뒤에서 더 수근거리기도 했고, 심지어는 아빠의 고난을 즐기는 사람들도 있었으니까. 나는 그때 기독교 신자라서가 아니라, 결국 사람은 사람이기 때문에 시기, 질투, 미움, 증오 같은 감정들이 생긴다는 사실에 새삼 실망했다. 그 일로 교회에 잘 나가지 않게 되었고, 여태까지도 마찬가지라서 나와 미로는 1년에 한두 번 정도 교회에 갈까 말까다. 아직도 나는 종교에 대한 확신이 없어 고심하는 단계인데, 엄마는 이렇게 이야기해준다.

"엄마는 열심히 교회에 다니지만 동주와 미로는 억지로 다닐 필요가 없어. 언젠가 진심으로 다니고 싶을 때 다니면 돼. 엄마는 그냥 기도하고 싶으니까 하는 거고 너희도 시간이 흘러 기도하고 싶어질 때 하면 되니 부담은 갖지 마."

나는 비록 교회에 열심히 나가지 않고 기도도 잘 하지 않지만, 나를 위해 무릎을 꿇고 기도하는 엄마의 모습을 보면 가끔 눈물이 맺힌다. 진심으로 내가 잘되길, 내가 행복하길 바라는 엄마의 마음이 느껴지기 때문이다. 그리고 언젠가 나에게 아이가 생겼을 때 엄마가 그랬듯, 나도 내 아이를 위해 기도하고 싶다.

슬픈 내 이름 이야기

내 이름은 친할아버지가 지어주셨다. 동녘 '동'에 구슬 '주'를 써서, 동쪽에서 온 진주라는 의미다. 이름에 담긴 뜻이 너무 예뻐서 외국 친구들에게 꼭 이름의 의미를 설명해주곤 했는데, 나의 동양적인 이름을 설명하면서 왠지 모를 뿌듯함을 느끼기도 했다.

그런데 한국에서는 나의 이런 이름 때문에 어렸을 적 별명이 '똥주' 또는 '똥'이었다. 나의 훌륭한 이름이 고작 한 덩이 '똥'으로 몰락하는 순간 나는 늘 화가 났다. 그러다가 미국에 유학을 가게 되어 난 그 별명과는 영원히 굿바이 할 줄만 알았다. 그런데 학교에 입학하고 선생님께서 내 이름을 '더엉 주우 슈'라고 부르는 것이 아닌가! 아시다시피 영어로 'dung(덩)'은 똥이란 뜻이다. 난 정말 큰 충격에 휩싸였다.

내 이름은 어딜 가든 '똥'이었던 것이다. 이런!

글로벌 시대인 요즘 외국인들이 발음해도 이상한 뜻으로 변하지 않는 이름을 가지고 있다면 참 운좋은 케이스라고 생각한다. 나처럼 쓸데없이 이름 때문에 스트레스 받을 이유는 없으니 말이다.

BLUE DAYS

2002년, 웰슬리 대학에 입학한 지 얼마 지나지 않아, 아빠가 범법자로 몰리는 일이 있었다. 현재 아빠는 무죄 판결을 받아 거의 모든 혐의를 벗은 상태이고, 나머지 부분들도 항소를 진행하고 있다. 당시 뇌물과 조세포탈 혐의를 받고 있던 아빠는 출장을 가기 위해 국가에서 정식으로 허락을 받고 홍콩으로 가 계셨는데 모 방송국의 시사 프로그램에서 아빠가 마카오에서 도박을 하고 있다는 거짓 제보를 방송했다. 진실이 아니었음에도 아빠는 순식간에 외국에 가서 도박까지 하는 파렴치한 범법자로 몰리게 되었다. 결국 아빠는 허탈한 심정으로 중국으로 건너가 시골 교회에서 선교를 하고 밭일을 도우며 거의 반년이라는 시간을 보내게 되었다.

당사자인 아빠도 너무 힘들었겠지만, 가족이라는 이유로 나와 동생(동생 미로는 당시 연예인으로 데뷔하기 전이었다)이 겪어야 했던 고통 역시 말로 표현할 수 없을 정도였다. 그중에서도 가장 견디기 힘들었던 일은 네티즌들의 악성 댓글이었다. 학교는 전부 기부금 입학이다, 고등학교는 교복을 해주고 들어갔다(참고로 세인트 폴스 스쿨은 교복을 입지 않는다), 전신 성형을 했다, 싸가지 없기로 유명하다, 제대로 공주병이라서 마음대로 일이 진행되지 않으면 길바닥에서 울어버린다, 연예인 데뷔하려고 그만 좀 설쳐라, MIT는 아는 지인을 통해 백으로 들어갔다 등. 연예인이 아니었음에도 내가 들어야 했던 이런 수많은 '악플'들은 낙천적인 성격의 나에게도 견디기 어려울 정도였다.

집안 사정이 그렇다 보니 유학 중인 나와 동생은 용돈은커녕 학비를 받기도 어려운 상황에 처하게 되었다. 남은 학기가 지나고 새로운 학기가 시작되자 교과서 구입비만으로도 한계에 부딪힐 정도였다. 고민 끝에 학교 식당에서 일을 하기로 마음먹었다. 오전 9시부터 4시 30분까지 강의를 듣고 난 뒤 가방을 멘 채 바로 식당에 가서 문을 닫을 때까지 6시간씩 일했다. 일은 육체적으로 힘들었지만, 그보다 더 힘든 건 다른 한국 학생들의 시선이었다.

"너 식당에서 일도 해?"

별 뜻 없는 말이었을지 모르지만 당시 내게는 너무 아픈 질문이었다. 당시는 미대생이었으니 당장 미술 수업에 쓸 재료를 사려면 돈이 있어야 했고, 돈을 벌려면 일을 계속해야 했다. 한국 학생들과 마주칠 때마다 눈을 돌리거나 바쁜 척 접시를 닦는 날들이 이어졌다. 풍족한 삶을 누리며 밥을 먹으러 오는 다른 학생들과 눈을 마주치지 않기 위해 노력하는 씁쓸한 나날이었다. 텅 빈 식당을 대걸레로 밀어가며 틈틈이 책을 보고 공부하면서, '지금 이 순간이 헛되지 않도록 열심히 살 거야.'라고 수십 번씩 마음을 다잡았다.

조급한 마음에 조금이라도 일찍 졸업을 해보려고 무리하게 여름 학기 강의까지 감행했다. 그런데 그 욕심이 또다시 나를 힘들게 했다. 여름 학기 강의를 듣는 사람이 워낙 없어서 학교 식당이 문을 열지 않았던 것이다. 일자리가 사라지고, 급기야 밥을 사먹을 돈까지 떨어지고 말았다. 다행이 학교 기숙사에서 점심은 제공해주었지만, 나머지 두 끼는 알아서 해결해야 했다. 저렴하고, 양 많은 음식을 고민하다 오트밀 **Oatmeal** 과 두유를 한 박스씩 사왔다. 두유는 적당한 온도에서 보관하기만 하면 오래 두고 먹을 수 있어서 좋았고, 오트밀은 싸기도 하지만 한 박스 안에 여러 가지 다양한 맛이 들어있어서 좋았다. 아침은 바나나 맛 오트밀, 점심은 교내 식당, 저녁은 딸기 맛 오트밀, 음료는 두유. 이런 식으로 3개월 동안 수십 잔의 두유를 마셨고, 수십 개의 오트밀 봉지를 뜯었다.

루머와 배고픔이 공존하는 날들이 계속 이어졌고, 내 머릿속도 계속 복잡했다. 식탁에 앉아 오트밀을 씹으며 생각했다. 나를 알지 못하는 사람들과 나를 알면서도 루머를 확대 생산해내는 이들이 바라는 것이 무엇일까 하고. 결론은 그들이 나의 포기를 바라고 있다는 것이었다. 망가질 대로 망가져 흥청망청 돈이나 쓰는 유학생이 되거나 자살이라도 하면 나를 동정해주겠지만, 그러기 전까지는 나를 계속 괴롭히고 싶어할 것이라고 느껴졌다. 그렇게 생각하고 나자, 불끈 오기가 생겼다.

그들의 독설을 곱씹으며 하루하루 더욱더 공부에 집중했다. 남들보다 좋은 학교에서 공부하기 위해 수많은 것들을 포기하고 앞만 보고 달려온 나의 힘겨운 시간들을 기부금 입학이니 백이니 하는 말로 매도해버리는 그들에게 보여주고 싶었다. 난 포기를 모르는 아이라고….

그리고 되묻고 싶었다. 이래도 날 인정하지 않겠느냐고. 어쨌거나 결과적으로 나는 그 시간들을 이겨내고 MIT 수학과를 A학점으로 졸업했고 펜실베니아 대학 소속 와튼 경영학 대학원에 입학했다. 그들의 말이 독이 되었는지, 득이 되었는지는 모르겠다. 오기로, 악으로 버틴 시간들이 있었기에 좋은 학교를 졸업하고 또 다른 좋은 학교에 들어갔지만 내 마음의 상처는 아직 완전히 아물지 않았으니까.

나에겐 엄마 아빠에게도, 가장 친한 친구들에게도 말하지 못한 비밀이 있다. 오랫동안 혼자 간직했던 비밀을, 그것도 책을 통해 밝히려니 몹시 두렵고 떨린다. 그 일은 길지 않은 나의 삶에서 상당히 충격적이고 큰 사건이었는데 사람들이 이를 농담 삼아 말하거나 비뚤어진 시선으로 보지 않을까 하는 걱정 때문이다. 악의적인 글들이 사람에게 줄 수 있는 상처가 어떤 것인지를 이미 한 번 경험했으므로.

앞서 이야기했듯, 여름방학 수업을 듣는 내내 오트밀과 두유로 끼니를 때우던 나는 처음에는 기운을 내서 공부했다. 하지만 여름이 끝나갈 무렵에는 더 이상 견디기 힘들 정도로 몸과 마음이 모두 지쳐 있었다. 친구들의 오해, 부모님과의 다툼, 버거운 공부와 강의 과제, 자존심 때문에 누구에게도 말할 수 없었던 갑작스런 금전난이 모두 더해져 스무 살의 나를 옥죄어왔다.

사람들은 나를 범법자의 딸로만 보는 것 같았고, 어딜 가든 죄인 취급을 받는 것이 힘들었다. 결국 중압감을 견디지 못한 나는, 어느 날 학교 근처 약국에 들러 물 한 병과 수면제 2통을 사왔다.

방으로 돌아와 침대에 혼자 누워 얼마 동안 울었는지 모른다. 만일 내가 죽는다면 누가 나를 위해 울어줄까라는 생각에 북받쳐오는 감정을 주체할 수 없었다. 사랑하는 가족, 친구들에게 마지막 인사라도 해야 하는 것이 아닌가 생각해봤지만, 죽지 못하고 발견되면 걱정만 끼칠 것이라는 생각이 들어 그만두었다. 고민 끝에 나를 가장 잘 이해해주는 고등학교 동창 신디 Cindy에게 짧은 문자를 보내기로 했다.

"신디, 그동안 고마웠어. 이렇게 되어서 미안해. 잘 지내."

어쩌면, 아니 분명히, 신디가 나를 말려주기를 바랐던 것 같다. 나 이렇게 힘들다고, 제발 와서 안아달라고 속으로 간절히 빌고 있었다. 하지만 용기가 없던 나는 전화 대신 문자 한 통을 보냈고, 수면제 1통을 다 먹고 난 뒤엔 눈을 감고 누웠다. 아무래도 병원에서 처방해주는 수면제가 아니니 약효가 약할 거라는 생각에 2통을 사왔지만, 빈속에 수면제를 채우는 일도 너무 힘들어 1통에 든 60알만 먹고 누워 잠들기를 기다리는데 휴대전화가 울렸다.

곧 죽을지도 모르는데 이 전화를 받아야 하나 받지 말아야 하나…. 짧은 순간 고민하다가, 플립을 열자 신디의 목소리가 귀를 뚫고 들려왔다.

"너 지금 어디야! 너 지금 뭐 하는 거야! 무슨 일 있는 거 아니지?"

신디의 걱정스러운 목소리를 듣자마자, 겨우 참고 있던 눈물이 봇물처럼 터져나왔다. 그리고 이내 이대로 죽기 싫다는 생각이 들었다.

"신디, 나 너무 힘들어. 수면제를 1통 먹었는데 이렇게 죽는 건 아니겠지?"

울음 섞인 목소리로 겨우 입을 떼는 내게 신디는 'Oh, my god'라는 표현을 백만 번도 더 중얼거린 것 같다.

"일단 토해내야 해. 알았지? 화장실로 가서 억지로라도 토하고 가만히 쉬고 있어. 금방 갈 테니까."

내 대답을 듣기도 전에 전화를 끊어버린 신디. 나 역시 무엇에 홀린 듯 급히 화장실로 뛰어가 속을 비워냈다. 아직 채 소화되지 않아 동그란 알약 모양 그대로 변기 속으로 떨어지는 수면제 알들…. 눈물과 콧물이 범벅이 된 채, 내 입을 통해 튀어나오는 그 알맹이들을 바라보다가 쓰러지듯 주저앉았다.

누군가가 말했다. 죽고 싶다는 건 이렇게 살고 싶지 않다는 말이고, 이렇게 살고 싶지 않다는 건 행복하게 살고 싶다는 절규라고…. 나도 그랬다. 그날의 나는, 죽고 싶었던 것이 아니라 더 행복하게 살고 싶었던 것이다. 1시간도 지나지 않아 내 앞에 나타난 신디의 품에 안겨 어린아이처럼 엉엉 울면서 나는 다시는 죽으려 하지 않겠다고 다짐했다. 그리고 새로운 삶을 얻은 것 같은 기분에 좀 더 기운을 내보자고 스스로를 다독였다. 그때 내 나이 스무 살이었다.

시간이 꽤 지난 지금 생각해보면 아마 그 알약들을 다 삼켰더라도 전혀 생명에 지장은 없었을 것이다. 병원에서 처방해주는 수면제와는 다르게 일반 마트에서 파는 수면제는 수십 알을 먹어도 죽지 않으니 말이다. 그 당시엔 그 사실을 몰랐던 나였기에 얼마나 절실히 힘들었는지를 뒤돌아보면 아직까지도 마음이 아프다. 그래도 다행인 건 죽지 않았기 때문에 잃은 것보다 얻는 것이 더 많다는 사실이다. 그날 이후 나는 작게나마 학교를 옮기거나 대학원에 입학하는 등의 성취를 할 수 있었고, 무엇보다도 나와 같이 힘들어 하는 친구들을 상담해줄 수 있는 경험이 생겼다.

아빠와의 인터뷰

서세원: 안녕하세요, 서동주 씨. 오늘은 특별히 아빠로서가 아닌 인터뷰어로서 대화를 이끌어나가도록 하겠습니다. 먼저 간단한 자기소개부터 해주시죠. 이름, 나이, 사는 곳 등.

서동주: 이름은 서동주. 나이는 스물여섯. 만으로 스물다섯. 사는 곳은 서울. 그렇지만 학교 때문에 미국에 있는 시간이 더 많아요.

서세원: 동주 씨는 어렸을 때 꿈이 뭐였는지 궁금하네요.

서동주: 어렸을 때 꿈은 대통령이었어요. 남을 돕고 싶다는 생각을 항상 했는데, 대통령이 되면 가장 빨리, 많은 사람들을 효과적으로 도울 수 있을 것 같았거든요.

서세원: 지금도 그런 생각을 가지고 있나요?

서동주: 네. 제가 이 세상에 태어난 데는 어떤 목적이 있다고 느꼈는데, 그게 남을 돕는 일이라고 생각했어요. 남들의 이야기를 들어주는 게 좋았고, 듣다 보면 사람들의 마음을 이해하게 되었고, 돕고 싶은 마음이 굉장히 강하게 들었어요. 내가 할 수 있는 일이 있다면 그게 무엇이든 해주고 싶은 마음 있잖아요.

서세원: 특별히 존경하는 사람이 있나요?

서동주: 워런 버핏 **Warren Edward Buffett** 이라는 미국의 투자가가 있는데 대단한 분이에요. 세계적인 부자임에도 유명 레스토랑보다는 집 근처 레스토랑에서 먹는 걸 가장 좋아하고, 평소 생활이 정말 검소해요. 그분의 사회적인 성공도 성공이지만 그것보단 그분의 한결같은 생활 방식을 닮고 싶어요. 아, 그리고 얼마 전에 자신의 재산 대부분을 사회에 기부하셨는데, 그 소식에 큰

감동을 받았어요.

서세원: 그렇군요. 저도 그 분에 대한 기사를 신문에서 읽은 적이 있어요. 저도 그런 사람이 되고 싶어요. 그건 그렇고 동주 씨는 유학 생활을 꽤 오래했잖아요?

서동주: 벌써 11년이나 되었네요.

서세원: 유학 시절 힘들었던 점이 있나요?

서동주: 외로움이죠, 아무래도. 전 친구가 별로 없었거든요. 할 일이 너무 많고 힘들어서 친구들을 많이 사귀지 못했던 것 같아요. 그래서 마음을 터놓고 의논할 사람이 없어서 힘들었죠.

서세원: 부모님이 유명인이라는 사실 때문에 유학 생활이 힘들거나 한 적은 없었나요?

서동주: 아빠의 일 때문에 걱정된 적은 있었죠. 사람들이 제대로 된 이야기를 들으려 하지 않고 우리 가족을 무조건 욕할 때는 마음이 정말 아팠고요. 그건 지금도 마찬가지예요.

서세원: 어렸을 땐 부모님이 유명인이라는 걸 어떻게 느꼈죠?

서동주: 어딜 가나 다들 절 친근하게 대해주실 때 많이 느껴요. 전 그분들을 모르지만 그분들은 저를 잘 알고 계시니까요.

서세원: 단점도 있었나요?

서동주: 너무 친하게 생각하셔서인지 기분이 상하거나 부담스러운 말을 하실 때가 있으세요.

서세원: 예를 들면요?

서동주: 예를 들면, '어렸을 땐 진짜 못생겨서 뭐 저런 얼굴이 다 있나 싶었는데 많이 나아졌네.' 같은 말들이에요. 조카한테 그런 말을 했다간 집안끼리 싸움 날걸요?

서세원: 부모님처럼 연예인이 되어야겠다는 생각도 혹시 해본 적 있나요?

서동주: 연예인이 되고 싶은 순간은 있었죠. 대학 1학년 때 특히 그런 생각을 많이 했던 것 같아요. 공부에 대한 한계를 느꼈거든요. 그런데 다시 제대로 공부해야겠다고 마음먹으면서 자연스럽게 그런 생각은 없어졌어요.

서세원: 부모님께 가장 실망했을 때는 언제인가요?

서동주: 특별히 실망한 일을 꼽기는 힘들고요. 가끔 화내실 때, 전혀 자제심 없이 나오는 대로 말을 막 하시기 때문에 상처가 되기도 해요. 화났을 때 한 말이니까 잊으라고 하시지만, 저는 아무리 화가 나도 마음에 없는 말이나 나중에 주워 담을 수 없는 말은 하지 않거든요. 그래서 그 부분이 이해하기가 어려웠어요.

서세원: 뭐, 그건 저도 미안하게 생각하고 있고, 앞으론 그러지 않으려고 노력할게요. 이야기를 바꿔보죠. 사람들이 아빠를 많이 닮았다고 하는데, 본인이 생각하기엔 어떤가요?

서동주: 닮았어요. 특히 입?

서세원: 그렇지만 요즘은 엄마를 닮았다는 소리도 많이 듣잖아요.

서동주: 엄밀히 따지면 전 엄마랑은 별로 닮지 않았어요. 단지 좀 나아진 외모에 대한 평가를 사람들이 그런 식으로 표현하는 거 같아요. 아빠랑은 성격이 많이 닮았죠.

서세원: 아, 성격은 정말 닮았어요.

서동주: 붕같죠. 모험을 좋아하고, 일 벌이는 데 선수죠.

서세원: 제대로 수습하는 건 별로 없고요.

서동주: 그렇죠. 하지만 그러다가 한두 개씩 수습되는 것들이 또 있어요. 어쨌든 포기하는 사람은 이해할 수가 없어요. 특히 해보지도 않고 못한다, 한계다 말하는 사람이요. 한계를 쉽게 인정하고 주저앉아버리는 건 정말 싫거든요. 긍정적인 마인드가 좋아요. 일단 해보자! 라고 말할 수 있는 용기와 배짱 같은 것들이요.

서세원: 일단 부딪히고 보는 거군요?

서동주: 일단 해보고 안 되도 다시 시도해보고, 정말로 한계를 느낄 때까지 해보고 난 뒤에 깨끗이 포기해야죠. 끝까지 해보는 것도 중요하지만 포기하기로 마음먹은 뒤엔 정말로 씻은 듯이 잊는 것도 중요해요.

서세원: 피아노를 하다가 미술로 바꿨을 때도 그런 식의 깨끗한 포기였나요?

서동주: 그건 포기라기보단 그냥 내가 좋아하는 것으로 바꾼 경우죠. 그 뒤로도 피아노는 계속 쳤고 지금까지 치고 있는 걸요. 작곡할 때도 주로 피아노로 하니까 완

전히 포기한 건 아니에요.

서세원: 미술이 피아노보다 좋았나요?

서동주: 저랑 잘 맞는 것 같아요. 처음 미술로 바꾸었을 때 매일 10시간씩 그림을 그렸어요. 남들보다 빨리 나아지고 싶은 욕심, 그리고 어제의 나보다 발전하고 싶다는 욕심이 컸거든요. 그런데 그게 하나도 힘들지가 않더라고요. 그림을 그릴수록 더 그리고 싶어 밥 먹는 게 귀찮을 정도였어요.

서세원: 그럼, 다시 그때의 상황으로 돌아간다 해도 같은 결정을 내리겠군요?

서동주: 지금의 저를 과거로 보낸다면 콩쿠르 한 번에 피아노를 버리진 않았겠죠. 피아노로 시도를 좀 더 해봤을 거예요. 하지만 결국 미술을 하고 있지 않았을까요? 피아노를 쳤지만, 미술 대회에 나가면 꼭 상을 받았고 일본에서 주최한 대회에서도 2등인가 했거든요. 그때도 미술에 흥미가 있었으니까 나중엔 미술을 하고 있었을 것 같아요.

서세원: 그래요. 그렇게 피아노에서 미술로 바꿨는데, 또다시 수학으로 바꾸게 된 계기가 있나요?

서동주: 음. 표면적인 건 피아노 〉 미술 〉 수학이었지만 사실 미술과 수학 사이에는 진로의 방향을 어떻게 잡아야 하는지에 대한 방황이 있었어요. 처음엔 미술이라는 카테고리 안에서의 방황이 있었어요. 순수미술을 할까, 미술사를 할까, 건축을 할까 고민했죠. 그래서 미술사나 건축 강의도 많이 들었어요.

서세원: 기억나네요. 건축하겠다고 했던 시기가 있었죠. 근데 왜 안 했어요?

서동주: 학기말 프로젝트 때문에 스튜디오에서 거의 5일 정도 보낸 적이 있어요. 새벽 5시쯤 잠깐 나와서 씻기만 하고 나머지 시간은 또다시 스튜디오였어요. 집에서 밤새우는 것과는 또 달랐죠. 밤새우면서 시멘트 섞고 풀 붙이고…. 말 그대로 노동이었어요. 그런 식의 고생은 그나마 견딜 만했는데, 그렇게 힘든 상황에서 엄청나게 섬세한 작업을 해야 하니까 제 성격이랑 맞지 않더라고요. 전 손이 거칠고 급한데, 건물을 그렇게 지으면 안 되잖아요. 하하.

서세원: 그래서 바꿨다?

서동주: 네. 그다음엔 미술에서 벗어난 뒤의 고민이 있었어요. 미술을 하지 않고 진로를 바꾸려고 생각했던 계기는 수학이었지만 굳이 수학과를 하지 않아도 수학을 할 수 있잖아요? 수학은 모든 학문의 기본이니까 다른 과를 가도 늘 쓰이니까요.

서세원: 그런데요?

서동주: 그래서 물리 강의도 들어보고 화학 강의, 생물공학 강의 등등 과학 쪽을 많이 들어봤는데, 역시나 순수수학이 좋더라고요. 그래서 방황하다가 결국 수학을 하게 된 거예요.

서세원: 수학으로 결정한 뒤에는 바로 경영대학으로 갈 생각을 했나요?

서동주: 아뇨. 거기에도 방황이 있었어요. 바로 대학을 가려던 건 아니었고, 처음엔 과학을 좋아하니까 의과대학을 가려고 했죠. 그러다 적성에 맞지 않는 것 같아서 – 전 활동적인 사람이니까요 – 다른 걸 생각해보았죠. 법대도 생각했어요. 변호사, 멋지잖아요. 그런데 또 문제가, 전 말을 잘 못해요. 변호사는 변호를 해야 하는 사람인데, 그게 잘 안 될 것 같았어요. 그러다 인턴십을 슬로안 Sloan (MIT 경영대학원)에서 자주 하다 보니 경영학 쪽과 제가 잘 맞는다는 느낌이 들었어요. 제가 좋아하는 수학도 있고, 활동적이고 진취적이었거든요.

서세원: 죽기 전에 하고 싶은 일이 있다면?

서동주: 정말 사랑하는 사람과 함께 늙어가는 일.

서세원: 아, 그런데 제가 지금 배가 아파요.

서동주: 그놈의 배, 만날 아프시네요. 갑자기 해야 할 이야기가 생각나는군요. 아빠가 어려웠을 때 힘든 와중에 저를 만나러 보스턴까지 오신 적이 있었어요. 하룻밤을 묵고 다시 유럽으로 떠나는데 전 너무 슬펐어요. 아빠 얼굴을 제대로 못 본 지 거의 10개월 만에 만난 거였는데 금세 헤어져야 했으니까요. 그런데 아빠는 그날도 역시 배탈이 났었어요. 전 심각한 표정으로 굿바이를 하는데 아빠가 몸을 배배 꼬는 거예요. 그러다가 결국 우는 저를 남겨두고 뛰어가시며 한마디를 남기셨죠. “아빠, 똥! 미안.” 그땐 정말 야속했어요.

서세원: 푸하하. 그게 사실은 헤어짐이 서투니까 그런 거죠. 이상형이 있나요?

서동주: 사랑을 제대로 할 줄 아는 사람, 정직한 사람, 꿈이 있는 사람.

서세원: 정작 자신은 남들에게 어떤 사람으로 인식되고 싶나요?

서동주: 늘 야심 차고 모험을 할 줄 아는 사람. 그리고 그와 동시에 미친 듯이 사랑스러운 여자.

서세원: 이 책을 통해 자신의 어떤 모습을 보여주고 싶은가요? 목적이 있나요?

서동주: 학교도 중요하지만, 사람마다 삶을 사는 각자의 스타일이 있잖아요. 전 어떻게 살아왔는지, 어떤 생각을 가지고 살아왔는지를 보여드리고 싶었어요. 좀 더 마음 깊은 곳에 있는 저의 솔직한 모습을 열어서 보여드리고 싶었어요.

서세원: 그럼 마지막으로 유학을 준비하고 있거나 유학 가서 힘들게 공부하는 학생들에게 해주고 싶은 말이 있다면?

서동주: 아, 이런 건 사실 너무 뻔한 이야기라 진부해질까 걱정이네요. 일단 미국은 좋은 점뿐 아니라 그곳 나름의 어려운 점이 많으니 끈기와 인내를 가지라고 이야기해주고 싶어요. 포기하고 싶을 때 포기하지 않고, 100번 실패한 뒤라도 101번째 성공한다면 그건 성공이니까 끝까지 노력하라는 말도 덧붙이고 싶고요.

머리가 굵어지고 처음 눈물을 흘렸던 기억은, 미국에서 고3 새 학기가 시작되던 날 홀로 방에 남겨졌던 때 같다.

아빠의 사건이 어떻게 시작되었는지는 이미 기억도 나지 않지만, 큰 레코드 회사 사장 아저씨들이 줄줄이 잡혀 들어가면서 〈조폭마누라〉를 크게 히트 친 서세원이 거론된 것은-당시 내가 봐도 웃겼던- 어쩜 예상을 못한 우리가 바보였을 수도 있다. 당시 엄마가 낸 책에 대한 악평들과 아빠가 〈서세원쇼〉를 진행하며 조금씩 쌓여오던 나쁜 이미지들도 한몫했으리라. 그리고 증거도 없이 어느 날 회사에 들이닥쳐서 회계장부와 서류들을 몽땅 빼가더니 어느 날부터 서세원은 죄목도 없는 죄인으로 낙인찍히고 말았다. 솔직히 말해서 다들 욕만 했을 뿐이지 정말 우리 아빠가 무슨 죄를 저질렀는지 아는 사람이 몇 명이나 있을까? 아빠의 죄명은 방송국 PD에게 300만 원가량의 금품을 전달한 것뿐이었다. 말이 나와서 그렇지 〈구타교실〉이라는 책이 나왔을 지경인데 대한민국 사람으로서 담임 선생님들에게 '촌지' 한번 줘보지 않은 부모 있을까? 아빠의 죄를 정당화하려는 것이 아니다. 분명 어떤 이유에서건 돈을 건네준 사실은 나쁘고 흑심이 있건 없건, 누구나 하는 일이건 아니건, 죄는 죄라고 생각한다. 하지만 그 300만 원을 건네준 죄 하나로 사회에서 매장당하며 출입국 금지령을 받고 4년 동안 눈물의 나날을 지냈다는 것만큼은 불쌍하게 여겨주었으면 한다. 어쨌든 이런 이유에서 새 학기가 시작되던 날 아빠는 재판을 받고 있었고, 엄마는 병원에서 수술을 받고 계셨다.

다들 부모님들과 함께 타는 비행기에 나 홀로 고개를 숙인 채 15시간을 날아 보스턴에 내린 순간, 차가운 바람이 얼마나 매정하게 느껴졌던지…. 엄마는 내가 한국에서 출발할 때 이미 미국에 있던 누나에게 마중을 나가라고 했지만 나는 그만두라고 했다. 내 안의 왕따 기질 때문인지 몰라도, 나는 버스나 지하철에 혼자 앉아 가는 걸 꽤 즐기는 편이다.

어쨌든 혼자 버스를 타고 큰 트렁크 두 개와 기타를 메고 뉴햄프셔에 도착했는데, 누나가 황량한 버스 정류장에서 혼자 기다리고 있었다. 우리는 둘 다 미국에선 휴대전화도 없이 지냈기 때문에, 만약 내가 학교로 바로 오지 않고 다른 곳이라도 들렀으면 연락할 방법이 없어서 몇 시간이고 혼자 기다릴 뻔했을 생각을 하니 눈물이 나올 것 같았다. 누나 앞이라서 참았지만…. 그런 상황에 몇 번 처해봐서 알고 있다. 혼자 누군가를 기약 없이 기다릴 때는 시간이 얼마나 늦게 가는지.

비행기표가 없어서 학기 시작 이틀 전에 도착한 아무도 없는 기숙사. 누나와 둘이 짐을 푸는데 트렁크를 열자마자 확인된 건 없어진 노트북 -_-;;. 뭐 오래된 것이긴 했지만, 당장 쓸 컴퓨터가 없는 게 걱정이었다. 그래도 워낙 머리가 복잡해서 그랬는지, 아무 생각도 안 나더라 -_-;; 여하튼 짐을 풀고 누나는 마지막 버스를 타고 보스턴으로 돌아갔다. 그리고 내게 마지막 남은 아이템, 기타를 껴안고 침대에 누웠는데 이유 없이 서러운 마음에 눈물이 펑펑 쏟아졌다.

아빠가 내게 처음 눈물을 보이며 '아빠가 이렇게 힘든 대신 하나님이 너는 대학에 붙여줄 거야.'라며 울먹이던 기억과 평생 자식 둘만 바라보고 살림밖에 모르던 엄마가 아빠, 누나 그리고 나도 없이 수술대 위에 혼자 올라가는 생각…, 내가 큰 소리로 외쳐도 아무도 들어줄 사람이 없다는 두려움…. 정말 내게 남은 건 공부밖에 없다는 생각에 친구 하나 없이 지낸 3개월의 여름 등 별별 생각이 다 떠오르며 한번 터진 눈물은 몇 시간이고 그칠 줄을 몰랐다.

시차 때문에 새벽 3시까지 잠들지도 못하고 누워 있는데, 돌아오다가 약국에서 잠을 못 잘까 봐 산 수면제통이 보였다.

예전에 알던 친구 한 명이 죽고 싶은 생각에 스무 알을 먹고 정말 아파서 죽는 줄 알았다는 이야기가 생각나서 일단 한 알만 먹어봤다. 졸리지도 아프지도 않았다. 그래서 무슨 생각에서였는지 다섯 알을 삼키고 가위를 들고 팔을 한번 그어보면 얼마나 불쌍할까 상상해봤다. 왠지 불쌍해져 있을 때는 더욱더 불쌍해져서 위로받고 싶은 게 사람의 심리인 것 같다.

그리고 결국 해가 뜰 때쯤에야 기타를 껴안고 한 손에 가위를 든 채 잠이 들었다. 그래서 나는 누가 음악을 가지고 내 앞에서 이렇다 저렇다 하는 걸 무척 싫어한다. 나에겐 정말 이 세상에서 기타 하나밖에 없었던 순간이 있었으니까.

아마 나는 아직도 그때 기타가 없었으면 가위에 더 힘이 들어가서 확 그어버렸을지도 모른다고 생각한다.

어쨌든, 나는 이날 첫 번째 눈물을 흘렸다. 더 쓰려고 했는데 힘드네….
확실히 고통은 서로 비교할 수 없다는 말이 맞는 거 같다. 누가 봐도 행복한 삶을 사는 나지만, 왠지 별로 행복하지 않았으니까.

어제인가, 오랜만에 신문에 난 아빠 얼굴을 보고 갑자기 옛날 일이 생각났다.

그리고 나의 마음

미로가 오래전에 써놓은 글이다. 사실 언제 썼는지 정확히는 모르겠다.

이 글을 오랜만에 읽고 나니 문득 생각나는 일이 있다. 미로는 초등학교 5학년, 나는 중학교 1학년이었을 때, 우리는 함께 유학을 갔다. 미로는 처음 1년 동안 근처의 남학교를 다녔지만, 곧 내가 다니는 학교로 옮겼고, 그 뒤로 고등학교도 같이 다녔기에 우리는 꽤 오랜 시간을 같은 학교에서 생활했다. 하지만 나는 나 나름대로 열병 같은 사춘기를 앓았고 미로도 역시 그랬기에 내가 고등학교 2학년이 될 때까지 우린 학교에서 마주쳐도 인사도 잘 하지 않고 지나치기 일쑤였다. 한마디로, 친하지 않았다. 내가 고등학교 2학년이 되면서 이러면 안 되겠다 싶어, 미로랑 가까워지려고 무던히 노력하기 전까진 말이다.

미로는 그때 힘든 학교생활에서 오는 스트레스를 해소하려고 수업이 끝나면 늘 음악실에서 몇 시간이고 기타를 치고 노래를 부르곤 했다. 나는 수업이 끝나면 미로를 보러 음악실로 가기 시작했다. 미로는 어느 연습실에서 언제부터 언제까지 연습한다는 말이 없었기에, 나는 무턱대고 20개 정도 되는 연습실을 일일이 체크해야 했다.

운이 나쁜 날은 미로를 만나지 못하고 방으로 돌아왔지만 운이 좋아 미로를 찾은 날엔, 옆에서 가만히 앉아 3시간이고 4시간이고 연습하는 걸 지켜봤다. 당시의 미로는 음치였다. '아직도 그렇잖아!'라고 말하는 사람들도 있겠지만. 어쨌거나 음악실에서 고상하게 클래식 연습을 하던 아이들은 미로의 노랫소리를 듣고 비웃으며 지나가곤 했다. 그런 아이들은 무시한 채 고래고래 소리를 지르며 노래 부르던 미로의 모습을 나는 기억한다. 지금 생각해보면 미로는 그렇게라도 하지 않으면 학교생활을 견디지 못했는지도 모르겠다. 어떤 날은 연습이 끝나면 같이 샌드위치를 먹기도 했다. 고등학교 내내 우리는 울지 않았지만, 그렇다고 크게 웃어본 일도 없는 것 같다. 눈물 날 정도로 슬프지도, 그렇다고 행복하지도 않은 날들이었다.

그러다가 내가 대학에 가면서 우리는 처음으로 떨어져 지내게 되었다. 아빠의 사건이 처음으로 불거져나왔을 때이기도 하고, 나는 이제 조금 가까워진 동생과의 관계가 허물어질까 봐 불안했다. 그래서 미로가 한국에서 미국으로 오는 날엔 얼굴이라도 보러 꼭 마중을 나갔다. 그런데 한번은 미로가 공항으로 마중을 나오지 않아도 된다고 말했다. 엄마도 바쁘면 가지 말라고 했기에 어떡할까 고민하다가, 결국 공항으로 가는 대신 동생보다 미리 학교에 가 있기로 했다. 아무래도 텅 빈 학교에 혼자 도착하는 것보다는 누나라도 와 있는 게 나을 테니까.

미로의 학교에 가는 데는 거의 3시간 정도가 걸렸다. 학교에 도착하자 난 이미 지쳐 있었지만, 머나먼 한국에서 오고 있을 동생 생각에 힘을 내어 미리 도착해 있던 동생의 짐들을 풀기 시작했다. 4시간 정도 걸려 대청소도 끝내놓고 짐까지 다 풀고 나자 동생이 도착할 시간이 된 것 같았다. 택시를 타고 버스 정류장으로 나갔지만 예상 시간이 한참이나 지났는데도 미로는 나타나지 않았다. 둘 다 휴대전화가 없었기 때문에 내가 할 수 있는 일이라곤 텅 빈 버스 정류장에서 가만히 앉아 있는 일밖에 없었다.

이윽고 저녁 시간이 다 되어서야 또 다른 버스 한 대가 도착했고 동생이 타고 있을지 모른다는 생각에 머리를 빠끔 내밀고 내리는 사람들을 지켜봤다. 그리고 그 사람들 사이에서 나는 동생을 발견했고, 동생은 나를 발견했다.

평소에 표현을 잘 안 하는 동생이지만, 날 발견한 미로는 분명 웃고 있었다.

"어? 와 있었네?"라며 멋쩍게 웃는 동생을 보고 나도 그냥 웃기만 했다.

학교에 돌아와 정리된 방을 보여주면서 내가 얼마나 힘들었는지 이야기도 하고, 같이 저녁도 먹었다. 하지만 이제는 졸업해서 내 학교가 아닌 곳에서 잘 수는 없었기에, 시간이 되자 아무도 없는 학교에 동생을 놔두고 나는 돌아가야 했다. 발걸음이 무거웠다. 시간이 한참이나 흐른 뒤에 동생이 쓴 글을 읽게 되었을 때 처음으로 든 생각은, '아, 짐을 풀어주지 말고 올 걸.' 하는 것이었다.

내가 짐을 풀어놓지 않았더라면, 짐을 푸느라 바빠서 죽고 싶다는 생각은 못했을텐데…. 아무도 없는 학교에 남아 정리가 다 되어버린 말끔한 방 안에 혼자 누워서 울었을 동생을 생각하면 난 지금도 마음이 너무 아프다. 그날의 난, 너무 어렸기에 동생이 어떤 마음으로 날 배웅하고 있었는지 알지 못했다. 그리고 아무런 도움도 되지 못했다.

MIT 강의 듣는 강아지, 희야

나는 책임감이 강하다. 약속을 하면 꼭 지켜야만 하고 마음을 먹으면 해내야 하는 강한 책임감은 우리 집 강아지(이젠 여덟 살이라 남들은 다 '개'라고 부르지만 그래도 내겐 여전히 강아지다) 희야에게도 적용된다. 내가 희야를 데려왔으니, 내가 책임질 수밖에 없었던 것이다. 그래서 대학 3학년 때부터 희야를 미국에 데려와서 키웠다. 혼자 덩그러니 집에 남겨지는 희야가 너무 안쓰러워 결국 나는 희야를 데리고 학교를 다녔다. 처음엔 숨겨서 몰래 데리고 들어갔지만 어느 정도 시간이 지난 뒤에는 교수님들께 말씀을 드리고 허락을 구했다.

"제 강아지 희야가 아직 너무 어린데 얼마 전 다리 수술을 받아서 집에 혼자 있을 수가 없거든요. 정말 실례인 줄은 알지만 강의에 데리고 와도 될까요? 부탁드려요."

내가 한 말의 반은 절대 거짓이 아니었다. 희야는 관절이 약해 다리 수술을 받았는데 아직까지도 피곤할 땐 다리를 조금씩 전다. 나머지 반은 거짓이긴 했지만 그래도 나에겐 영원한 베이비니까!

교수님들의 반응은 제각각이었다. 다행히 미국에선 개를 키우는 사람들이 많아서 교수님들도 결국 허락을 해주셨다. 강의실 내 옆자리에 희야의 이불을 깔고 앉혀놓는다. 그러면 희야는 그 위에서 혼자 간식도 먹고, 강의도 듣고, 옆에 앉은 학생의 손을 핥아주다가 잠이 들곤 했다. 얌전한 희야 만들기의 비결은 등굣길 산책이었다. 등굣길에는 늘 희야를 걷게 했는데 그래야 강의 때 피곤해 낮잠을 잤기 때문이다.

덕분에 희야는 내가 다니는 모든 강의실의 위치를 외우게 되었고, 가끔 내가 목줄을 놓치면 나보다도 먼저 강의실에 도착해 교수님 앞에서 재롱을 떨었다. 처음엔 꼬리를 치며 뺑글뺑글 돌고 있는 희야에게 "아니, 동주는 어디 가고 너만 강의에 왔냐?" 며 황당해하던 교수님도 뒤늦게 헉헉거리며 뛰어 들어오는 내 모습에 "희야가 내 강의를 좋아해서 너보다 빨리 오는구나!" 하고 웃었다.

희야는 강의 동안 소리를 내거나 짖은 적이 단 한 번도 없는데 교수님들은 각기 자신들의 강의를 희야가 좋아해서 그런 것이 아니냐며 기분 좋아하셨다. 매일 희야를 데리고 학교를 다니다 보니 희야는 학교 내에서 꽤나 유명해졌다. 학교에서의 내 사교 생활(?)에도 영향력을 미쳤다. 나를 기억 못해도 희야를 데리고 있으면, '아, 강아지 데리고 다니는 그 학생'이라며 기억해내는 사람들이 많았으니까. 그렇게 희야와 함께 학교를 다닌 지 2년이 지났다.

희야는 어쩌면 나보다 아는 것이 많을지도 모르겠다는 생각을 가끔 한다. 어쨌거나 MIT의 온갖 물리, 화학, 생물, 수학, 뇌공학, 철학 강의를 다 들었으니 말이다.

152 153

You've struggled enough to reach the end of the street.
But the light at the end seems to be further away from you than it was in the beginning.
"Why?"
You'd ask as you sigh, your lung taught with crispy morning air.
Yet still, you take another step forward and keep moving.

My profile: Staying Optimistic

© photo by Jung Hee Suh

エゴン
しに
いろが
かおもかんがい
… もしかしてせい
??????????

A Love Poem for Shawn

It is strangely exciting to be with you.
Never expected to experience such a squirming mixture of emotions.
It is extremely difficult staying truthful before your eyes,
Because I tend to shy away from my veracious self.
My heart has tumbled down the hill of failure,
Bruises and scars engraved with tears,
Concealed, yet longing to be revealed.
I plead you to unravel what lies beneath all these layers,
And to embrace my swollen soul with your affectionate hands.
You've been in love several times before and I wonder if you've ever been in love like this one.
For surely enough – and as platitudinal as it may sound, I have never been in one.

Although I had decided not to attend the graduation ceremony for a good cause, I cannot deny that I felt a little bit sad. As if he had read my mind, Shawn gave me a flower bouquet on the day of graduation.

하버드 스퀘어 Harvard Square의 골목길

Ertrea
YOSSARIAN LIVES!!
I WAS HERE!
SAVE A TREE...
ACTION IS ART
GRACE
NOODLE!
P.R. Pride
LOVE
YOU ARE AMAZING

Art Project : Salvation

어린아이들이 좋다.
아직까지 남아 있는 내 안의 철없는 어린아이가 좋다.

매사추세츠 애비뉴 Massachusetts Avenu

희야와 함께 강의실로 뛰어가는
길은 늘 행복하다.

OF TECHNOLOGY

넌 정말 천진난만해!
난 왜 이 말을 들으면 기분이 좋아질까?

School Info

미국 최고(最古)의 중학교, 페이 스쿨 (Fay School)

1866년에 개교해 미국에서 가장 오래된 주니어 보딩 스쿨(Junior Boarding School: 중학생들을 기숙사생으로 받아주는 사립 학교)로, 올해 개교 142년째를 맞이하고 있다. 페이 스쿨은 체계적인 교육 시스템과 최고의 선생님을 보유하고 있는 곳으로 유명한데, 리더십을 키우기 위한 새로운 교육 시스템을 끊임없이 개발하고 있다. 학교 시설 또한 몇 손가락 안에 꼽히는 수준으로, 14만5686제곱미터나 되는 대지에 세워진 학교에는 최고급 시설로 마무리된 피트니스 센터와 운동을 위한 대규모 필드까지 갖춰져 있다. 무엇보다 페이 스쿨의 유명세는 좋은 고등학교 진학률에 기인한다. 세인트 폴스 스쿨(St. Paul's School)이나 앤도버(Phillips Academy Andover), 엑시터 (Phillips Exeter Academy)같은 최우수 사립 고등학교에는 페이 스쿨 졸업생들이 많다. 매사추세츠 사우스보로(Southborough, MA)에 위치, www.fayschool.org

미국 대학 톱10에 진학하고 싶다면, 세인트 폴스 스쿨(St. Paul's School)

9학년부터 12학년까지의 학생들을 받고 있는 세인트 폴스 스쿨의 특징은 학교와 집의 완벽한 일체화다. 520명 정도 되는 모든 학생들과 100명의 모든 선생님들이 학교에 사는 시스템을 운영하고 있기 때문이다. 많은 졸업생들이 브라운, 스탠퍼드, 예일, 조지타운, 펜실베니아 대학 등 유수의 대학으로 진학하고 있다. 미국 대통령 선거에 출마했던 존 케리(John Kerry)의원 같은 유명한 졸업생들도 넘친다. 학교에는 4개의 커다란 연못과 터키강의 3분의 1정도가 포함되어 있어 아름다운 경치와 풍경으로도 유명하다. 뉴햄프셔 콩고드(Concord, NH)위치, www.sps.edu

세상을 바꾸는 여성들이 있는 곳, 웰슬리 대학 (Wellesley College)

여자 대학교 임에도 순수미술 대학 랭킹 톱 4 안에 드는 학교. 이 세상을 바꿀 수 있는 여성들을 길러낸다는 목적으로 1870년도에 개교했고, 현재 약 2400명이 재학하고 있다. 힐러리 클린턴, 다이앤 소여 같은 졸업생들은 '세상을 바꾼다'는 학교의 정신을 열심히 실천하고 있다. 순수미술 외에도 56개의 전공 과목들이 개설되어 있으며, 기숙사만 21개를 보유하고 있다. 특이하게도 남녀 공학인 MIT공대와 자매 학교여서 두 학교의 학생들은 서로의 학교에서 강의를 듣고 학점을 딸 수 있다. 매사추세츠 웨슬리(Wellesley, MA)에 위치, www.wellesley.edu

수재들이 모여드곳, MIT(Massachusetts Institute of Technology)

공대임에도 '톱 유니버시티 랭킹 7위(Top University ranking Top 7)' 안에 드는 사립 대학교로 과학과 테크놀로지에 중점을 두고 있다. MIT는 대학생들의 심도 있는 연구 활동으로도 유명한데 '실천을 통해 배우자(Learning by doing)'라는 MIT 철학이 반영된 결과이기도 하다. MIT의 대학원은 다른 어느 학교보다 많은 수의 대학원들이 상위에 랭크되어 있어 대학원도 최고 수준이라는 평가를 받는데, MIT의 경영대학원인 슬로안 스쿨(Sloan School)은 2위에 올라 있다. 교수진 중 25명과 졸업생 26명이 노벨상을 받았으며, 37명은 로데스 스칼라(Rhodes Scholar: 매해 32명을 선발하는 옥스퍼드 대학 장학생)이다. 또 인텔(Intel)을 비롯해 스리콤(3Com), 퀄컴(Qualcomm), 록웰 인터내셔널(Rockwell International), 보스(Bose) 같은 유명 회사의 창업자들이 MIT 졸업생이기도 하다. 매사추세츠 케임브리지(Cambridge, MA)에 위치, www.mit.edu

세계 1위 경영대학원, 와튼 스쿨 (Wharton School of the University of Pennsylvania)

1881년도에 조셉 와튼(Joseph Wharton)의 기부로 세워진 와튼 스쿨은 펜실베니아 대학의 경영대학원이자, 미국 최초의 경영대학원이다. 영국 파이낸셜 타임즈(FT)가 발표하는 세계 MBA 순위에 8년 연속 1위를 차지한 세계 최고 경영학 석사 과정(MBA)을 보유하고 있는 것으로 더 유명한 이 학교는 US News & World Report가 선정한 세계 최고 경영학 박사과정 세계 순위에서도 1위를 차지했다. 와튼에서 박사 학위를 따려면 보통 4년에서 6년의 시간이 걸리며 11개의 구체적인 전문 분야들로 나누어져 있다. 11개의 전문 분야에서는 1년에 1~2명의 소수 학생만을 뽑아 최고 수준의 학생들만으로 채워가고 있다. 펜실베니아 필라델피아(Philadephia, PA)에 위치, www.wharton.upenn.edu

MIT 지원하기

MIT에 지원하고 싶다면 알아두어야 할 지원 절차와 서류들.

학생의 약력(Biographical Information Form)

이 양식을 원서비 65달러와 함께 보내는 것으로 원서 절차가 시작된다. MIT는 'MyMIT'라는 온라인 프로그램으로 원서를 받고 있어 온라인으로 쉽게 약력을 제출할 수 있다. 양식에는 부모님의 상세 정보를 적는 칸이 있는데 보통과는 다른 부모 아래에서 큰경우(예를 들어 입양되었다든가) 정보를 기입하게 되어 있다. 그리고 또한 MIT에서 공부하고 싶은 전공 분야를 적어야 하는데 한국처럼 전공을 결정하기 위해서가 아니라 무엇을 공부하고 싶은지를 파악하기 위해 적는다. 학교에서도 각 전공당 받을 학생 수를 제한하기 위함이 아님을 강조하고 실제로 거의 반 정도의 학생들이 자신의 전공을 중간에 바꾼다. 참고로, 지난해 약력 마감일은 11월 1일이었다.

에세이, 학교 내외 활동, 시험, 성적(Essays, Activities, and Tests Form)

이 양식은 '얼리 액션(Early Action)'으로 제출할 수 있다. 얼리 액션은 한국의 특차와 비슷한 개념으로 원서를 일찍 내고 결과를 일찍 받는 전형이다. 대신 붙는다면 무조건 가야 하며 미국 시민권자이거나 그린카드를 가진 경우에만 이를 통해 지원할 수 있다. 일반적인 원서 마감일은 1월 1일, 얼리 액션은 11월 1일이 마감일이었다. (2007년 기준)

에세이는 두 종류가 필요한데, 한 문단 정도의 짧은 에세이는 학교에서 정한 질문에 대한 답안으로 작성하게 된다. 질문은 매년 다를 수 있지만 거의 희망 학과에 대한 이유를 묻는 경우가 많다. 긴 에세이는 500자 내외로 작성한다. 에세이는 글쓰기 능력을 보기 위한 것이 아니다. 원서 안에서 유일하게 자신의 목소리를 낼 수 있는 곳이 에세이이므로 자신에게 영감을 주는 것, 자신의 삶에서 중요한 것 등 자신만의 특별함에 대해 쓰면 된다. 대학원 에세이에서는 사실(fact)이 중요하지만, 대학 입학을 위한 에세이는 창의적이고 솔직한 모습을 보여주는 것이 중요하므로 자유로운 형식으로 쓰는 것도 좋다.

고등학교 수업 내용(Self-reported Coursework Form)은 미국에서 공부한 학생들에 한해 작성하게 된다. 수업 내용과 더불어 공식 성적표를 함께 제출해야 하고 수업의 제목을 적을 때는 길더라도 있는 그대로의 제목을 적어야 한다. 모든 수업 내용을 적을 칸이 없다면 가장 최근에 들었던 수업부터 적는다. 다니던 고등학교 이외에서 들은 수업이 있다면 구체적으로 명시해야 한다.

인터뷰(Interview)

인터뷰는 교육 카운슬러(Educational Counselors:ECs)가 하게 되는데 대개 EC는 MIT 졸업생으로 원서를 낸 학생과 지역적으로 가까운 곳에 사는 사람이며, MyMIT에서 자신의 담당 EC를 알아볼 수 있다. 인터뷰는 무조건적인 것은 아니지만 자신을 어필하기에 상당히 좋은 기회이므로 인터뷰 요청이 있다면 강력 추천한다. 인터뷰를 한 학생들 중 거의 16퍼센트가 입학 허가를 받았지만 인터뷰를 하지 않은 학생들의 입학률은 6퍼센트였으므로 인터뷰는 하는 것이 좋다.

일반 입학 시험 결과(Standardized Tests)

SAT1, SAT2, AP Exam, TOEFL 등과 같은 시험들의 결과가 필요하다.

SAT 1 : 추리력 시험(Reasoning Test)으로 크게 3과목으로 구성된다.

1. 비판적 읽기(Critical Reading) : 70분, 800점 만점
2. 쓰기(Writing) : 60분, 800점 만점
3. 수학(Mathematics) : 70분, 800점 만점

SAT 2 : 과목별 시험(Subject Test)으로 총 20과목 중 선택해서 볼 수 있는데, 대부분 3개 정도를 본다. 문제 수와 길이는 각각 다를 수 있으며 800점 만점이다. 자세한 내용은 웹사이트를 참고하면 된다. www.collegeboard.com/student/testing/sat/about/SATII.html

시험을 볼 수 있는 과목들

1. **영어 (English)**
   문학(Literature)

2. **역사와 사회과학(History and Social Studies)**
   미국 역사(US History)
   세계 역사(World History)

3. **수학 (Mathematics)**
   수학1(Mathematics Level 1)
   수학2(Mathematics Level 2)

4. **과학 (Science)**
   생물학(Biology E/M)
   화학(Chemistry)
   물리학(Physics)

5. **언어 (Languages)**
   중국어 듣기(Chinese with listening)
   불어(French)
   불어 듣기(French with listening)
   독어(German)
   독어 듣기(German with listening)
   현대 헤브루어(Modern Hebrew)
   이탈리아어(Italian)
   일본어 듣기(Japanese with listening)
   한국어 듣기(Korean with listening)
   라틴어(Latin)
   스페인어(Spanish)
   스페인어 듣기(Spanish with listening)

AP시험(Advanced Placement Exam)

고등학교 때 대학 레벨의 수업을 듣고 시험을 본 경우 결과를 제출한다. 대학에 갔을 때 AP 점수가 인정되는 경우, 같은 강의를 중복 수강하지 않아도 되기 때문에 졸업에 더 빠르게 다가갈 수 있는 이득이 있다. 시험은 5점 만점을 기준으로 하는데 대부분의 학교들은 4점이나 5점만 인정해주는 경우가 많다. 특정 학교에서는 5점 만점이 아니면 인정하지 않는 경우도 있으므로 AP를 볼 경우에는 만점을 목표로 하는 것이 현명하다.
AP시험을 볼 수 있는 과목들은 아래와 같다.

Art History / Biology / Calculus AB / Calculus BC / Chemistry / Chinese Language and Culture / Computer Science A / Computer Science AB / English Language and Composition / English Literature and Composition / Environmental Science / European History / French Language / French Literature / German Language / Government and Politics: Comparative / Government and Politics: United States / Human Geography / Italian Language and Culture / J apanese Language and Culture / Latin Literature / Latin:Vergil / Macroeconomics / Microeconomics / Music Theory / Physics B / Physics C: Electricity and Magnetism / Physics C: Mechanics / Psychology / Spanish Language / Spanish Literature / Statistics / Studio Art: 2-D Design / Studio Art: 3-D Design / Studio Art: Drawing / United States History / World History

추천서(Eacher Evaluation Forms)

두 명의 선생님이 작성한 추천서가 필요한데, MIT에서 제공하는 추천서 양식에 따라 작성해야 한다.

고등학교 성적(Secondary School Report Form)

학교 내 카운슬러나 교장이 직접 보내야 하는 것으로 성적표와 함께 어떤 학생인지 간단한 설명이 따라야 한다.

중간 학기 성적(Mid-year Grade Report Form)

학교 내 카운슬러나 교장이 직접 보내야 하는 것으로 가을 학기가 시작한 뒤 반이 지났을 때 보내야 하는 것이다.

재정 관련 서류(Financial Aid Materials)

미국 시민권자나 그린카드 소유자인 경우 장학금을 신청할 수 있다.

코치에게 연락하기(Contacting A Coach)

운동 특기생이고 대학에 와서도 학교 대표팀에서 활약할 계획이라면 MIT의 코치에게 미리 연락해야 한다.

관련 포트폴리오(Submitting A Music Or Art Portfolio)

음악이나 미술(건축) 쪽에 특기가 있는 경우 포트폴리오를 함께 보내야 한다. 음악 특기생의 경우 auditions@mit.edu로 이메일을 보내야 하는데 이메일에는 자신의 연주를 녹음한 mp3 파일를 첨부해야 한다. 자신의 이름, 생년월일, 다룰 줄 아는 악기, 연주한 곡의 정보를 이메일에 명시하는 것도 잊지 말자. 이 외에도 이력서와 음악 선생님의 추천서 한 통이 필요하다. 미술 특기생의 경우 여태까지 자신이 그린 그림들, 사진들, 건축 디자인 시안 등을 보낼 수 있는데 포맷은 아래와 같다.

---

8 x 10인치의 포트폴리오: CD로 보내도 되지만 하드 카피가 더 좋다. 슬라이드는 보내지 않는 것이 좋다.

포트폴리오에는 자신의 이름과 생년월일을, 그리고 봉투에는 'Undergraduate Application Materials'라고 적는 것도 잊지 말자. 포트폴리오는 Jan Wampler, Director Of Design – Undergraduate Program, MIT Department of Architecture, 77 Massachusetts Avenue, Building 9-213, Cambridge, MA 02139-4307로 보내면 된다.

Apply to: MIT

와튼 스쿨 지원하기

와튼 스쿨 입학 전형의 절차와 서류들.

성적표

성적표를 보내는 방식에는 여러 가지가 있다.

1. 성적표 템플릿을 통해 비공식 성적표를 보내고 온라인 원서를 작성하기 전 미리 개인 정보를 보내면 입학 프로세스가 좀 더 빨리 진행될 수 있다. (템플릿: www.wharton.upenn.edu/doctoral/downloads/transcript_online_07.xls)
2. 공식 성적표를 스캔해서 온라인 원서에 첨부하거나 학교로 직접 발송할 수도 있다. 스캔한 파일은 250킬로바이트가 넘으면 안 되며 .doc, .wpd, .rtf, .pdf, 나 .txt 포맷이어야 한다.

성적표 템플릿을 이용하거나 스캔한 성적표를 첨부하는 경우에는 나중에 성적표 원본을 학교로 다시 발송해야 한다. 그 후에 두 성적표의 사실 여부와 내용을 확인하게 되는데, 만일 성적표 템플릿이나 스캔된 성적표가 실제 성적표의 내용과 다른 부분이 있다면 입학 허가가 취소된다. 템플릿이나 스캔된 성적표를 통해 입학 허가를 받았다 하더라도 실제 성적표가 학교에 도착하기 전까지 유효하지 않다.

학생의 관련 기록

관련 기록은 학생이 학교에 입학한 날짜, 들었던 강의, 받은 학점, 강의를 들은 시기, 강의에서 받은 성적이 모두 포함되어야 한다. 만약 학교에서 자신의 등수를 안다면 상위 몇 퍼센트인지도 적는다. 이와 더불어 자신이 다녔던 학교의 성적 시스템에 대한 설명도 곁들여야 한다. 예를 들어 일반 대학에서는 4.0 만점 기준을 적용하지만 MIT에서는 5.0을 만점으로 환산하므로 각각의 숫자가 의미하는 바를 구체적으로 써주어야 한다. 예) 5.0 = A

원서를 제출할 때 고등학교 이후 다녔던 모든 학교를 포함해야 한다. 모든 학교의 이름은 줄이지 않고 있는 그대로 써야 하며 그 학교들에서 받은 학위들을 구체적으로 써야 한다. 모든 성적표와 강의 내역은 다니던 학교에서 직접 보내져야만 하며 담당자의 실제 사인이 필요하다. 만일 편입을 해서 다녔던 학교가 하나 이상이라 하더라도 각각의 학교에서 성적표를 떼어 제출해야 한다. 미국에서 학교를 다니지 않은 학생이라면, 실제 성적표와 영어로 번역된 성적표를 둘 다 보내야 한다.

추천서

3개의 추천서가 필요하며, 두 가지 방법을 이용해 추천서를 보낼 수 있다. 하나는 추천서를 받고 싶은 교수님의 정보를 온라인으로 입력한 뒤 교수님이 온라인으로 추천서를 제출하는 방법이고, 다른 하나는 교수님이 우편으로 직접 보내는 방법이다. 학생은 방법을 정하기 전 미리 교수님과 의논한 후 교수님이 원하는 방법대로 처리하는 것이 좋다.

온라인으로 하길 원하는 경우 교수님의 이름, 재직 중인 학교, 이메일 주소와 주소를 입력하면 교수님께 직접 연락이 가 매우 간단하다. 우편으로 하길 원하시는 경우엔 추천서 양식(www.wharton.upenn.edu/doctoral/downloads/recommendation_07.pdf)을 다운받아 프린트한 뒤, 미리 우표를 붙인 봉투와 함께 드리면 된다.

에세이

두 가지 에세이가 있는데, 첫째는 학업계획서(Personal Statement)이고, 둘째는 선택 에세이(Optional Essay)이다. 첫 번째 에세이는 무조건 써야 하는 것이고, 두 번째는 학생의 선택에 의해 쓸 수도, 안 쓸 수도 있다. 물론 쓰는 편이 좋다. 에세이에 자신의 이력과 앞으로의 계획을 쓰고 선택 에세이에는 이외에 필요하다고 생각되는 내용을 더 쓰면 된다.

Apply to:
Wharton School

필수 시험

GMAT이나 GRE를 선택해서 보면 되는데 MBA(석사)가 아닌 박사를 할 경우엔 GRE를 보는 것이 좋다. 세부 전공에 따라 원하는 시험 점수가 다를 수 있으니 자신이 희망하는 과에서는 어떤 시험을 원하는지 웹사이트에 직접 들어가 확인해야 한다.

또 한 가지 필요한 시험은 TOEFL인데, 외국인이라면 무조건 응시해야 하는 시험이다. 단, 미국에서 4년제 대학을 나온 외국인일 경우에는 보지 않아도 된다.

각 학교는 학교 코드를 가지고 있어 GRE, GMAT, TOEFL 성적을 보낼 때 쓰는데 와튼의 경우는 아래와 같다.

GRE: 2954-4399 I GMAT: G56-97-12 I TOEFL: 2954-02

이 중 GRE는 모든 시험 성적을 학교로 보내는데, 입학관리처에서는 가장 좋은 성적만 보기 때문에 한 번의 시험을 망쳤다고 해서 너무 실망할 필요는 없다. 물론 가장 좋은 방법은 한 번 보고 거의 만점을 받는 것이겠지만 말이다.

간단한 GRE 정보

1. GRE는 한 달에 한 번만 볼 수 있으며 1년 내에 최대 5번까지 치를 수 있다(시험을 취소하더라도 1번으로 간주).
2. 한 번 본 시험 점수는 ETS 성적표에 5년 동안 남게 되어 학교들이 모든 점수들을 볼 수 있다.
3. GRE 시험은 Verbal, Quantitative, Analytical, Writing으로 구성된다.

Verbal: 30문제 / 30분 800점 만점
Quantitative: 28문제 / 45분 800점 만점
Analytical: 35문제 / 35분 800점 만점
Writing: 주제 1 / 45분, 주제 2 / 30분 6점 만점

Apply to:
Wharton School

간단한 TOEFL 정보

1. 1년에 30~40번 정도의 선택 가능한 시험 날짜들이 있고 일주일에 한 번 시험 응시가 가능하다.

2. 한번 본 토플 시험의 점수는 2년 동안 남아 있다. 하지만 GRE와는 달리 보내고 싶은 시험 성적만 보낼 수 있다.

3. TOEFL 시험은 Reading, Listening, Speaking, Writing으로 구성되어 있다.

Reading: 36~70문제/ 60~100분 30점 만점
Listening: 34~51문제/ 60~90분 30점 만점
Speaking: 6문제/ 20분 30점 만점
Writing: 2문제/ 50분 30점 만점

원서비

원서비는 한번 내면 돌려받을 수 없으며 대부분 70~90달러인데 와튼의 경우는 70달러다. 원서비는 카드 결제를 하거나 수표로 보낼 수 있다. 좋은 학교일수록 원서비가 적은 경우를 흔히 볼 수 있는데, 이것은 원서를 내는 학생의 수가 방대해서 많이 받을 필요가 없기 때문이다. 반대로 상대적으로 좋지 않은 학교들은 원서를 내는 학생의 수가 적은 관계로 원서비를 높게 받는 경우가 있다.

원서 마감 시간

대부분의 학교들이 12월부터 1월 중순까지 원서를 받는데 와튼의 경우 지난해(2007년) 마감은 12월 15일이었다. 우편으로 원서를 보내던 시절에는 우편물이 실종되었다거나 하는 말도 안 되는 이유로 원서를 늦게 내는 사람들도 있었지만 온라인 체제로 바뀐 뒤로는 그런 일은 없어졌다.

더 자세한 내용은 와튼 웹사이트

www.wharton.upenn.edu를 통해 확인할 수 있다.

The Story of Dong Joo

Dream on...